mare

Line Madsen Simenstad

KÖNIGIN–MAUD–LAND
IST GEHEIM

Storys

Aus dem Norwegischen
von Ilona Zuber

mare

Die Deutsche Nationalbibliothek verzeichnet
diese Publikation in der Deutschen National-
bibliografie; detaillierte bibliografische Daten
sind im Internet unter http://dnb.ddb.de abrufbar.

Die Originalausgabe erschien 2018 unter dem Titel
Dronning Maud Land bei Forlaget Oktober AS, Oslo.

Die Übersetzung wurde durch NORLA
finanziell gefördert.

1. Auflage 2019
© 2019 by mareverlag, Hamburg
Typografie Iris Farnschläder, mareverlag
Schrift Verdigris
Druck und Bindung CPI books GmbH, Germany
ISBN 978-3-86648-610-2

www.mare.de

INHALT

Für Leon

ÜBER DIE LIEBE

ennie sollte mir alles über die Liebe beibringen. Wir lagen auf einem Steg und warteten auf ein Boot, und Hennie sagte, es sei höchst unwahrscheinlich, dass es die Liebe überhaupt gebe: »Das ist ein Knall oder ein Funke zwischen zwei Menschen, der plötzlich einfach so entsteht. Aber das ist auch schon *alles*. Die Leute bauen Häuser und bekommen Kinder wegen dieses Knalls. Dabei ist es nur Chemie. Chemie, verstehst du, wie in der Schule. Und dann ist es vorbei, und du musst Schluss machen.«

Hennie hatte Sonnenbrand auf Armen und Beinen und war blass im Gesicht. Ich war braun, ich war schon viele Wochen hier. Wir besaßen die gleichen Pilotenbrillen. Eigentlich hatte ich beschlossen, meine nicht zu tragen, wenn Hennie da wäre, aber die Sonne schien so stark, dass ich musste. Hennie hatte nichts gesagt.

»Eine andere Sache ist, dass du nie nach den Exfreundinnen fragen darfst.«

Hennie drehte sich auf den Bauch. Das Sonnenlicht funkelte auf ihren lila Fingernägeln.

»Glaub mir, dafür wirst du mir eines Tages dankbar sein. Du darfst *nie* nach den Exfreundinnen fragen. Sonst machst du dich nur verrückt. Du erfährst irgendeine Kleinigkeit, und schon fängt dein Gehirn an, sich alle möglichen kranken Geschichten zusammenzureimen. Ich spreche aus Erfahrung.«

Sie rollte sich wieder auf den Rücken.

»Außerdem mögen die Jungs das nicht. Die sind nicht wie wir. Die machen Schluss und fertig. Die Exfreundinnen bedeuten ihnen nichts.«

Fast die ganzen Ferien hatte ich im Sommerhaus verbracht. Vertrocknetes Gras unter den Fußsohlen, Splitter von den Verandadielen in den Zehen, kaltes Wasser bis zu den Knöcheln. Der Sommer kam plötzlich und war warm. Dann kam Hennie. Sie war nett in diesem Sommer. Die Tage plätscherten gleichförmig dahin. Hennie und ich lagen auf einem Felsen und brutzelten in der Sonne. Oder: Hennie und ich abends auf dem Sofa vor dem Fernseher, ihre Füße über meinen Schoß gestreckt. Wir machten Waffeln und schliefen nach dem Frühstück auf der Veranda, die Dielen rochen nach Sonne. Wir spielten Karten und lasen uns gegenseitig unsere Horoskope aus Zeitschriften vor, dann fanden wir alte Zeitschriften, lasen alte Horoskope und kontrollierten, ob sie gestimmt hatten. Und jeden Tag nahmen wir uns das Rätsel in der Zeitung vor. Hennie gewann. Zwar war ich diejenige, die Bücher las, aber Hennie wusste so viel. Über römische Kaiser und Walarten, Olympiamedaillen und alte Radiosendungen.

Und jetzt war es vorbei. Uns blieb nur noch, auf das Boot zu warten, das Hennie abholen und ans Festland bringen sollte. Sie würde den Bus zurück nach Oslo nehmen, ihre Sachen packen und in eine Wohngemeinschaft ziehen. Nur zwanzig Minuten entfernt, aber dennoch.

»Und außerdem darfst du nie in ihren Sachen herumschnüffeln. Lies nie ihre Nachrichten, nicht mal, wenn sich die Gelegenheit bietet. Schalt lieber ab. Ich meine es ernst. Schnüffel nicht in alten Fotos herum.«

»Hast du das etwa getan?«

»Was denn?«

»Jonas' Nachrichten gelesen.«

»Ich habe meine Erfahrungen gemacht. Und jetzt gebe ich sie an dich weiter. Und wenn du mal anfangen solltest zu rauchen, musst du Lavendelblätter in der Tasche haben, damit du dir die Hände damit abreiben kannst. Dann riechen deine Finger nicht.«

»Es raucht doch sowieso niemand mehr.«

Hennie rollte sich wieder auf den Bauch und schob sich die Sonnenbrille ins Haar.

»Geh nie zerstritten ins Bett. Dann kannst du nämlich nicht schlafen.«

»In Ordnung.«

»Und fangt bloß nicht an, in Babysprache miteinander zu reden. Dann könnt ihr nämlich nicht mehr damit aufhören. Ich habe Hunger. Du auch?«

»Ein bisschen.«

Hennie stand auf, streckte ihren mageren Körper und schob sich die Sonnenbrille wieder auf die Nase. Sie war muskulös und hielt sich sehr aufrecht. Vielleicht kam das von der Rhythmischen Sportgymnastik, oder RSG, wie sie es nannten. Sonntags saß ich regelmäßig auf der Tribüne in der Haslehalle und schaute zu, wie dieser drahtige Körper auf und ab über den Boden schnellte und sich verbog, als sei er aus Gummi. Hennie und vier andere Mädchen schwebten in einer Formation im Kreis herum, wobei sie lila Bänder hinter sich herflattern ließen. Dort war sie eine andere, die RSG-Hennie mit Glitzeranzug und straffem Haarknoten.

»Ich seh mal nach, was ich auftreiben kann«, sagte sie.

Hinter uns lag die kleine Küstenstadt, vor uns lagen das Meer und die Möwen. Inzwischen war ich größer als Hennie, ich trug größere Schuhe als sie. Und es war Hennie, die einen Kulturbeutel voller Tabletten hatte, nicht ich. Ich setzte mich auf und drehte mich um, sodass ich Hennie sehen konnte, wie sie den Gehweg entlangjoggte. Hennie in einem kurzen hellblauen Kleid. Hennie ohne Schuhe. Hennie, die auf mich aufpassen wollte, obwohl sie es nicht schaffte, auf sich selbst aufzupassen. Das waren die Worte unserer Mutter am Abend zuvor gewesen, als Hennie mir beibringen wollte, wie ich mir an der weiterführenden Schule die richtigen Freunde aussuchen sollte. »Andrea kommt schon zurecht. *Du* bist es, die lernen müsste, auf sich aufzupassen«, sagte sie. Hennie lachte nur und entgegnete: »Ja klar, Andrea ist ja *so* schlau.« Später am Abend saßen Hennie und ich in unseren Schaukelstühlen auf der Veranda und aßen Safari-Kekse. Hennie schmierte Aloe-vera-Creme auf ihre sonnenverbrannten Schultern, und ich sagte, dass ich jetzt einen Freund hätte. Dass er Mats heiße und so alt sei wie Hennie. Sie stellte die Aloe-vera-Tube ab und beugte sich nach vorn zu meinem Schaukelstuhl. »Du lügst«, sagte sie. Ich schüttelte den Kopf.

Hennie kam mit zwei Cola und einer Tüte Brötchen zurück.

»Sind sie noch nicht da?«

»Nee.«

Ich trank fast die halbe Cola in einem Zug aus.

»Lass ihn am Anfang ruhig ein bisschen zappeln«, sagte Hennie.

»Ja«, sagte ich.

»Reagier nicht sofort auf seine Nachrichten. Warte eine Weile, aber schick deine Antwort auch nicht *genau* um Punkt neun ab, sonst sieht es aus, als ob du extra dagesessen und gewartet hättest.«

»Okay«, sagte ich.

Der Wind zerrte an den Wimpeln, am Meer, an Hennies Haar und an unseren Stimmen.

»Wie ist er so? Wo wohnt er?«

»Sarpsborg.«

»Da war ich noch nie.«

»Ich auch nicht.«

»Und ihr seid euch unten am Anleger begegnet?«

»Ja.«

»Warum warst du dort?«

»Johannisfeuer. Er war mit ein paar Freunden da.«

»Und du?«

»Mit Mama.«

»Mit *Mama*?«

»Sie saß da und hat mit irgendwelchen Leuten gequatscht, da bin ich ein bisschen rumgegangen.«

»Aber was hat er gesagt? Wie seid ihr ins Gespräch gekommen?«

»Wir haben über das Feuer oder so was geredet. Er stand einfach so rum.«

»Mensch, du erzählst ja überhaupt nichts!«

Lachend warf Hennie die Arme in die Luft. Dann wurde sie ernst.

»Oder ist das nur gelogen?«

»Nein, Hennie, Ehrenwort. Das ist keine Lüge«, versicherte ich.

Ein Boot kam in Sicht, und Hennie reckte den Hals.

»Sind sie das?«, fragte ich.

Hennie schüttelte den Kopf.

»Mir ist noch was eingefallen, was ich dir sagen wollte«, begann sie.

»Aha.«

»Es hat aber nichts mit Liebe zu tun.«

»Okay.«

»An manchen Tagen darfst du dir einfach selbst nicht trauen.«

Hennie biss in ein Brötchen.

»Oder vielleicht geht es eigentlich doch um Liebe. Die Liebe zu dir selbst oder so was in der Art«, sagte sie.

»Aha.«

»An manchen Tagen denkst du nur negativen Scheiß über dich und die ganze Welt, und dann musst du lernen zu kapieren, dass das eben einer von *diesen* Tagen ist. Sofort beim Aufstehen! Dann kannst du dir nämlich sagen: *Egal was ich heute denke, es stimmt nicht.* Und dann kannst du sozusagen den ganzen Tag durchhalten. Verstehst du, was ich meine?«

»Ja, ich glaube schon.«

Ich konnte nichts dafür, dass ich die Tabletten gefunden habe. Sie hätte sie ja auch irgendwo in ihrem Zimmer aufbewahren können, aber sie lagen in ihrem Kulturbeutel im Badezimmer unterm Waschbecken. Der Kulturbeutel war nicht einmal verschlossen. Das Blut hämmerte in meinen Schläfen, als ich den Beipackzettel las, zuerst überflog ich ihn schnell und hastig, mein Blick jagte über den dünnen Papierbogen und versuchte, in irgendeinem dieser Wörter Hennie wiederzufinden, *Antidepressiva, Störungen des Serotoninhaushalts*, und dann las ich langsam, Abschnitt für Abschnitt, *Patienten unter 18 Jahren, die derartige Medikamente einnehmen, haben ein erhöhtes Risiko für Nebenwirkungen wie Suizidversuche und Suizidgedanken*; Hennie war achtzehn. Ich schüttelte die Blister aus der kleinen Schachtel heraus. Mit einem metallischen Geräusch fielen sie auf den Badezimmerboden. Einige waren voll, andere halb leer. Ich drückte eine Tablette heraus; sie war weiß und länglich und sah aus wie ein kleines Pez-Bonbon. Ich stellte mir Hennie vor, wie sie im Badezimmer des Sommerhauses jeden Morgen eine Tablette in den Mund steckte, sie mit einer Handvoll Wasser aus dem Wasserhahn hinunterspülte, sich den Mund abtrocknete und dann ins Wohnzimmer hinunterging, wo wir auf dem Sofa Cornflakes aßen und uns gegenseitig das Tageshoroskop vorlasen.

Das Erste, was ich an diesem Morgen empfand, als ich mit Hennies Tabletten in den Händen dasaß, war Eifersucht. Ich war eifersüchtig, weil ich gedacht hatte, ich wüsste alles über sie, eifersüchtig, weil die Tabletten nichts mit mir zu tun hatten, sie gehörten nur ihr, und sie nahm sie jeden Tag, jeden Tag lief sie herum und wusste davon. Und ich wusste nichts. Wahrscheinlich war das der Grund, warum ich die Tablette in den Mund steckte. Ich drehte den Wasserhahn auf, trank einen Schluck Wasser aus der Hand und sah mir im Spiegel beim Schlucken zu. Die Tablette kratzte ein bisschen im Hals. Lange blieb ich mit geschlossenen Augen im Badezimmer stehen, um nachzuspüren, ob sich irgendetwas verändert hätte, aber nichts geschah. Erst als ich in die Küche hinunterkam und Hennie draußen im Garten sah, empfand ich Mitleid mit ihr. Sie trippelte über den Rasen und machte RSG-Übungen, ohne Glitzer und ohne lila Band, nur dieser magere Körper, und mir war, als schnüre mir etwas die Luft ab. Während ich so am Küchenfenster stand und Hennie beobachtete, hätte ich am liebsten geheult. Warum war sie traurig, und warum hatte ich nichts gemerkt, und warum hatte sie mir nichts gesagt? Jetzt waren ihre Bewegungen traurig, das konzentrierte Gesicht war traurig, das Hohlkreuz, der Pferdeschwanz und ihr Lächeln, als sie mich sah, ihre Stimme war traurig, als sie in die Küche kam und sagte:

»Keine Cornflakes mehr da. Total nervig.«

Ihr Gesicht war gerötet, und Schweißflecken zeichneten sich auf ihrem T-Shirt ab. Sie leerte ein Glas Milch in einem Zug.

»Was guckst du so?«

»Nichts«, sagte ich.

»Scheißgeglotze.«

Dann ging sie die Treppe hinauf. Ich blieb in der Küche stehen und schaute in den Garten hinaus. Wenn ich die Augen schloss, fühlte ich ein schwaches Kitzeln auf der Stirn. Ich fragte mich, ob das von der Tablette kam, die ich genommen hatte, oder ob ich es mir nur einbildete. Ich nahm die Tabletten weiter. Jeden Morgen stahl ich eine aus Hennies Kulturbeutel und schluckte sie vor dem Spiegel. So teilten wir das mit den Tabletten, auch wenn Hennie nichts davon wusste. Abgesehen von einer gewissen Mundtrockenheit merkte ich nichts.

Wir setzten uns an den Rand des Bootsstegs und ließen die Beine über dem Wasser baumeln. Langsam schwamm eine Feuerqualle vorbei.

»Aber wo ist Jonas jetzt?«, fragte ich.

»Jonas? Ich weiß nicht. In einem Sommerhaus mit irgendeinem Mädchen. Keine Ahnung.«

»Also ist jetzt *richtig* Schluss?«

»Ja, genau, *richtig richtig* Schluss.«

»Ist der Knall vorbei?«

»Nein, eigentlich nicht. Aber irgendwann wäre er auf jeden Fall vorbei gewesen.«

Hennie bewarf die Feuerqualle mit Brötchenstücken. Das helle Haar wehte ihr die ganze Zeit in den Mund. Sie kramte eine Tube Sonnencreme aus ihrer Tasche hervor und schmierte sich die Schultern ein.

»Du musst dich alle drei Stunden eincremen«, sagte sie und reichte mir die Tube.

Ich verteilte Sonnencreme auf meinen Armen.

»Weißt du noch, wie wir hier früher immer Krabben gefischt haben?«, fragte sie mich.

»Mhm. Und du hast dich geweigert, sie wieder ins Wasser zurückzuwerfen.«

Hennie lachte.

»Aber das waren doch schließlich unsere!«

»Arme kleine Krabben.«

»Da ist noch was«, begann Hennie erneut.

»Was denn?«

»Du solltest nicht so irre hohe Erwartungen haben. Gib dich mit dem zufrieden, was gut *genug* ist.«

»So was sagen Fünfzigjährige.«

»Weil sie Bescheid wissen. Die wissen, von was sie reden.«

Ein kleines Motorboot näherte sich dem Anleger. An Bord drei Jungen und ein Mädchen. Hennie reckte den Hals und winkte. Sie knüllte die Brötchentüte zusammen und gab sie mir. Dann stand sie auf und nahm die Tasche über die

Schulter. Ich blieb sitzen und lehnte den Kopf an ihre glatt rasierten Beine.

»Wie wirst du nur ohne mich zurechtkommen?«, fragte Hennie und wickelte eine Strähne von meinem Haar um ihren Finger.

»Wie wirst *du* ohne *mich* zurechtkommen?«, entgegnete ich und pikste ihr einen Fingernagel ins Bein.

»Wenn du wieder in der Stadt bist, musst du mich sofort besuchen kommen. Wir haben einen Balkon«, sagte Hennie.

Wieder schnürte mir etwas die Luft ab.

Hennie trat gegen meinen Schuh.

»Heul nicht«, sagte sie.

Ich stand auf und umarmte sie. Dann kletterte sie ins Boot.

ROTER RIESE

n dem grünen Sessel unter dem Dachfenster halten wir abwechselnd Wache, während Vater im Bett liegt und stirbt. Er stirbt wie die Sonne, dehnt sich aus, als ob er nicht wüsste, dass er schrumpfen wird, fallen, ohne zu landen. Ich schließe die Augen und stelle mich schlafend, damit er aufhört zu reden.

»Ich sehe, dass du wach bist, Karen.«

Ich öffne die Augen.

»Willst du irgendwas?«

»Nein, nur ein bisschen plaudern.«

Ich habe immer gedacht, dass der Tod Tiefsinnigkeit verleiht. Vater sagt aber immer wieder dasselbe, nur leiser.

»Am Bahnhof von Madrid gibt es Schildkröten, Karen. Gewaltige Schildkröten.«

»Ja, ich war schon mal dort.«

»Einmal hat ein Typ versucht, sie zu füttern. Hat ein Stück Brot oder ich weiß nicht was reingeworfen. Sie sind ja eingesperrt. Eigene kleine Parks haben sie.«

»Ja, hab ich gesehen.«

»Auf einmal kam die Polizei, stell dir vor. Mit Riesengewehren auf dem Rücken. Er hat sie nicht gesehen, und plötzlich haben sie ihn einfach zu Boden geworfen. Nur weil er eine Schildkröte gefüttert hat!«

Er lacht, dann fängt er an zu husten, er richtet sich im Bett auf und hustet und schlägt dabei mit der flachen Hand auf die Matratze, wieder und wieder. Ich rufe Tone.

Tone hat ein Familiengrab gekauft, in dem wir alle drei Platz haben, sodass wir jetzt wissen, wo es für uns hingeht: auf den Friedhof von Klemetsrud. Seit Monaten schon wappnet sie sich, stellt sich den Tod wie ein Sinnbild vor, Situationen werden mit Bedeutung aufgeladen, und dann ist es einfach wieder nur das ganz Banale, kannst du ein Glas Limonade holen. Wir dachten, dass er noch vor Weihnachten sterben würde, aber jetzt ist es schon Februar, und er liegt immer noch da, aufgedunsen und rotfleckig, ein Stern in seiner letzten Phase.

Tone klopft ihm sachte auf den Rücken, bis er aufhört zu husten.

»Ein bisschen Klopfen hilft schon«, sagt sie.

Ich nicke, und sie geht wieder hinaus. Vater legt sich auf die Seite und schließt die Augen.

»Sie sorgt so gut für mich«, murmelt er.

Die dicken Lippen hängen auf das Kissen.

»Ja«, sage ich.

Dann schläft er ein, und ich gehe runter in die Küche.

Wenn ich Alkoholikerin wäre, würde die Flasche Gin nicht immer noch oben auf dem Kühlschrank stehen. Ich hätte sie schon längst ausgetrunken, mit oder ohne Tonic. Ich stelle mich auf die Zehenspitzen und schnappe mir die Flasche. Bombay Sapphire. Angeblich der beste, aber ich kenne mich damit nicht so aus. Wenn ich Alkoholikerin wäre, würde ich das wissen. Wir haben kein Tonic, aber wir haben Farris-

Mineralwasser, das muss genügen. Ich mixe mir einen Gin Farris und trinke ihn in drei Schlucken aus. Mixe mir noch einen. Fühle schon, wie sich der Knoten im Magen ein bisschen löst und ich tief in den Bauch atmen kann.

Ich gehe nach oben ins Schlafzimmer, setze mich in den Sessel und warte darauf, dass Vater erwacht. Die blaue Stunde erfüllt das Zimmer. Dann wird es dunkel, und Vater öffnet die Augen.

»Ich habe so merkwürdige Träume. Das müssen die Tabletten sein.«

Er sagt, dass ich die Musik für seine Beerdigung aussuchen soll und dass ich einen guten Musikgeschmack habe; keine Ahnung, wie er darauf kommt. Schon immer habe ich schlechte Entscheidungen getroffen. Nicht etwa undurchdachte. Ich denke, aber schlecht.

»Die Musik muss traurig sein, aber nicht …«

»Nicht was?«

»Nicht weinerlich.«

»Hast du Hunger?«

»Nein.«

Er runzelt die Stirn, schließt die Augen und beginnt, eine Melodie zu summen, leise und tief.

»Was hältst du davon?«

»Ich habe keine Ahnung, was das ist.«

Er summt weiter, die Augen jetzt offen, fragend.

Da erkenne ich es, es ist *Against All Odds*.

»Nein, bist du verrückt? Das ist doch prollig. Außerdem ist das kein Beerdigungslied.«

»Aber es *muss* ja auch kein Beerdigungslied sein. Es kann doch einfach ein Lied sein.«

»Dann musst du dir eben ein Lied einfallen lassen, das du magst.«

»Ich habe mir doch eins einfallen lassen. Das, das ich eben gesummt habe.«

»Nein, nicht das.«

Seit Wochen schneit es. Die Schneeflocken sammeln sich auf dem Dachfenster, bedecken es fast ganz. Ich stehe auf, öffne es und schiebe den Schnee weg, damit Vater hinaussehen kann. Mehrmals am Tag bittet er mich darum.

»Kannst du mal ein Blatt Papier holen, Karen?«

»Papier?«

»Was zum Schreiben. Einen Block. Und einen Stift. Dann können wir die Lieder notieren, die uns einfallen.«

Ich gehe hinaus und schließe die Tür hinter mir.

»Lass die Tür offen, Karen«, ruft Tone von unten aus dem Wohnzimmer. Ich öffne sie wieder und gehe die Treppe runter.

Auf dem Wohnzimmertisch finde ich einen Stift und einen Briefumschlag, ich mixe mir einen Campari Orange und frage Tone, ob sie auch einen möchte. Wäre ich Alkoholikerin, würde ich vor Tone verbergen, dass ich trinke. Das tue ich aber nicht. Außer an den Abenden, an denen sie Spätdienst hat und ich mit Vater allein zu Hause bin. An diesen Abenden spüle ich mein Glas und putze mir die Zähne, bevor sie nach Hause kommt.

Jedes Mal, wenn ich das Zimmer betrete, nehme ich den Geruch wahr, es riecht nach Schweiß, ich kann mir das nicht erklären, er liegt doch nur da. Er folgt mir mit dem Blick, als ich den Raum durchquere, ich atme durch den Mund und setze mich in den grünen Sessel. Ich dachte, der Tod macht einen dünn und bleich, aber er wird immer größer, die narbigen Wangen immer röter.

Ich wedele mit dem Umschlag und dem Stift.

»Kann losgehen«, sage ich.

»Jetzt bist *du* dran, du musst einen Vorschlag machen«, entgegnet er.

Ich bin vollkommen leer. Kann mich nicht erinnern, wann ich das letzte Mal Musik gehört habe.

»Vielleicht was von Bob Dylan?«, meint Vater.

»Ich war mal auf einer Beerdigung, wo sie Ulf Lundell gespielt haben, *Öppna landskap.*«

»Ulf Lundell mag ich nicht«, wehrt er ab.

Ich schreibe es trotzdem auf den Briefumschlag. Nur um einen Anfang zu machen. Und dann schreibe ich *etwas von Bob Dylan.*

»Ich hab auch mal kurz an *Candle In The Wind* gedacht«, sagt Vater.

Da kann ich nicht mehr an mich halten, ich fange an zu lachen.

»Worüber lachst du?«, fragt er, aber er muss selber lachen.

Er lacht und lacht, bis er anfängt zu husten. Starrt geradeaus und hustet, dass sein ganzer Körper bebt.

Tone kommt angelaufen, sie zieht ihn im Bett hoch und klopft ihm so lange auf den Rücken, bis der Husten aufhört.

»Warum sitzt du bloß so da?«, fragt sie, während sie ihn wieder hinlegt und zudeckt.

»Das war doch nur Husten, es ist nichts passiert«, erwidere ich.

»Alles gut«, versichert Vater.

»Ich kann jetzt übernehmen«, sagt Tone.

Wenn ich Alkoholikerin wäre, würde ich einen Drink *brauchen*, ich brauche aber keinen, ich habe lediglich Lust darauf. Ich mixe mir einen Gin Farris und trinke ihn, während ich die Schneekegel unter den Straßenlaternen betrachte. Die Fenster auf der anderen Straßenseite sind warm und weich. Ich kann Vater und Tone miteinander reden hören. Sie ist in jeder Hinsicht so viel besser als ich, und doch will er, dass gerade ich seine Beerdigungsmusik aussuche. Ich lache, als ich daran denke, und dann weine ich.

Tone kommt nach unten und setzt sich aufs Sofa, schaltet den Fernseher ein. Ich setze mich neben sie.

»Schläft er?«

»Ja, jetzt schläft er.«

»Den ganzen Tag redet er nur von Spanien. Macht er das bei dir auch?«

Tone nickt.

»Spanien, Spanien, Spanien.«

»Hast du Lust auf eine Zigarette?«

Wir ziehen uns die Daunenjacken an und gehen nach draußen vor die Haustür, obwohl wir eigentlich beide nicht mehr rauchen. Wir setzen uns die Kapuzen auf. Es schneit. Dicke Flocken in Tones Haar. Die eine Hälfte ihres Gesichts leuchtet im Schein der Außenlampe.

»Ich bin total fertig«, sagt Tone.

Ihre Arbeitstage im Krankenhaus sind lang. Meine Tage sind unförmig. Jeden Morgen, wenn ich im Gästezimmer aufwache, habe ich vergessen, wo ich bin.

»Nimm dir doch mal einen Abend frei. Geh ins Kino«, schlage ich vor.

»Ja, vielleicht«, erwidert Tone.

Das bedeutet Nein.

»Er kann von Glück sagen, dass er dich hat«, sage ich.

Tone tritt von einem Fuß auf den anderen, macht leise Knirschgeräusche im Schnee. Wirklich, er kann von Glück sagen, dass er sie hat. Sie ist liebenswürdig und ordentlich, vergisst keinen Geburtstag. Seit zehn Jahren sind sie zusammen, und fast nie habe ich Tone zornig gesehen. Die beiden haben nichts gemeinsam, aber sie lieben einander. »Das ist die reinste Form der Liebe«, hat Vater einmal zu mir gesagt. »Wir haben *uns*, und deshalb kümmern wir uns umeinander und nicht um irgendein blödes Hobby.« Tone legt den Kopf in den Nacken und lässt den Rauch langsam zwischen ihren schmalen Lippen ausströmen. Später schläft sie auf dem Sofa ein. Ich schalte den Fernseher aus und breite eine Decke über sie.

Vater ist wach. Er hat sich für Leonard Cohen entschieden, für *Hey, That's No Way To Say Goodbye*.

»Hör's dir mal an. Schönes Lied«, sagt er.

»Aber das hat doch nichts mit einer Beerdigung zu tun.«

»Gib mir mal mein Handy«, sagt Vater.

Ich stehe auf, nehme das Handy vom Servierwagen und reiche es ihm. Seine Finger sind zu groß für dieses Telefon. Und seine Hände zittern. Ich drehe mich zum Dachfenster um und tue so, als ob ich dort oben hinter der dünnen Schneeschicht etwas gesehen hätte. Vater spielt den Cohen-Song ab.

»Hör doch mal«, sagt er.

»Ich höre ja.«

Ein Auto fährt langsam vorbei, fast lautlos, und ich wünschte, ich hätte diese Hände nicht gesehen. Rot und bleich gleichzeitig. Ich setze mich wieder in den Sessel und schließe die Augen.

»Was meinst du?«, fragt er, als die Musik verstummt ist.

»Schön. Ein tolles Lied, aber kein Beerdigungslied. Aber du entscheidest. Wenn du es haben willst, dann nehmen wir es.«

»Ich will es.«

»Dann soll es so sein.«

Er lässt das Lied noch einmal laufen, und mir wird klar, dass er auf seiner eigenen Beerdigung ist, dass er uns in der ersten Reihe stehen sieht, die gebeugten Nacken, das schwache Zittern, die schweren Körper, plötzlich ein lautes Schluchzen, hier und da ein Schnäuzen, und dort oben liegt er selbst in einem Sarg.

Ich hole tief Luft, und dann spreche ich es aus:

»Hast du Angst?«

»Vor was denn?«

»Tot zu sein.«

Er dreht sich zum Fenster, sieht hinaus, über meinen Kopf hinweg.

»Ich weiß es nicht. Ich weiß es auch nicht besser als du. Kannst du nicht mal den Schnee von dem Fenster da wegfegen?«

Ich erhebe mich, öffne das Dachfenster und schiebe den Schnee beiseite.

»Hast du Hunger?«

Er schüttelt den Kopf. Auf dem Servierwagen liegt unser Briefumschlag. Ich angle ihn mir.

»Dann schreibe ich jetzt auf: *Hey, That's No Way To Say Goodbye*.«

»Mach das. Streich die anderen.«

KÖNIGIN-MAUD-LAND

1

Die Mutter sitzt auf einem Stuhl und raucht. Sie nimmt tiefe Züge und bläst Rauchringe in die gelbe Küche. Sie sucht sich einen Ring aus, kneift ein Auge zu und versucht, durch den Ring hindurch die Tapete anzupeilen, bevor er zu zittern beginnt und sich schließlich an der Wand auflöst. Dann drückt sie die Zigarette in die Eigelb-Reste auf dem Teller. Sie hat versucht, dem Jungen ein Spiegelei zu essen zu geben, denn Kinder mögen ja bekanntlich Spiegelei, aber nicht dieses Kind. Der Junge mag nichts, er schüttelt den Kopf und starrt auf das Wachstischtuch. Aber er muss essen, also hat sie ihm einen Butterkeks gegeben. Anschließend hat sie das Ei selbst gegessen. Sie hätte es länger braten sollen, der Dotter schmeckte nach Vogel. Sie hat den Jungen gefragt, ob er noch einen Keks wolle, aber er hat nicht geantwortet.

Die Mutter zündet sich eine neue Zigarette an. Sie dreht sich um, damit sie von der Küche aus in den Flur und durch die Wohnzimmertür sehen kann. Jetzt bläst sie Rauchringe in Richtung Wohnzimmer, sie schließt ein Auge und versucht, mit den Ringen den Kopf des Jungen zu treffen und ihn einzurahmen. Der Junge liegt bäuchlings auf dem Fußboden und schwenkt ein rotes Flugzeug durch die Luft. Im Kindergarten haben sie gesagt, sie müsse ihm abends vorlesen. Sie sagten, sie müsse ihn jede Woche wiegen und dafür sorgen, dass er die anderen Kinder im Haus kennenlernt. Aber sie haben keine Ahnung von dem Jungen, sie kennen ihn nicht, also hat sie ihn aus dem Kindergarten genommen. Er mag es, auf dem Fußboden zu liegen und die Flugzeuge durch die Luft zu ziehen, er riecht gern an der Wolldecke auf dem Sofa und geht gern mit der Mutter ins Einkaufszentrum.

Der Junge kommt in die Küche. Er setzt sich auf einen Stuhl, und die Mutter reicht ihm ein Glas Milch, das auf der Anrichte steht, sie ist jetzt warm, die Milch, die er zum Frühstück nicht getrunken hat. Der Junge schiebt das Glas über den Tisch und sagt, er habe keinen Durst. Hast du Hunger?, fragt die Mutter, und er schüttelt den Kopf. Sie gibt ihm trotzdem einen Butterkeks, und er isst ihn. Wusste ich's doch, sagt die Mutter. Der Junge betrachtet seine Finger, wie sie über den Tisch auf das Glas Milch zulaufen und wieder zurück, er studiert sie, als wären es die Finger eines anderen oder ein Tier. Du hast sehr wohl Hunger, du willst nur nicht essen, was deine Mutter dir macht. Die Finger laufen über den Tisch. Das Milchglas kippt um, als die Mutter mit der Hand auf den Tisch schlägt. Die Finger laufen in die Milch, es sind Schlittschuhläufer. Du sollst essen, was deine Mutter dir macht, sagt sie. Ihre Hand fegt die Milch vom Tisch. Du sollst essen, was deine Mutter dir macht, schreit sie, über den Jungen gebeugt. Die Milch tropft zu Boden, und die Augen des Jungen sind eine Membran über seinem Gesicht. Die Mutter nimmt ein Handtuch und wischt die Milch auf, sie zieht die Schlittschuhläufer zu sich heran und trocknet auch sie ab.

2

Der Junge ist im Bett, und die Mutter räumt die Spülmaschine aus. Den ganzen Tag hat es geregnet. Jetzt hat es aufgehört, aber die Tropfen hängen noch in kleinen Perlenschnüren am Fenster. Beim Abendessen hat der Junge versucht, die Tropfen aufzufangen. Immer wieder schlug er mit der Hand gegen die Scheibe, das tut er seit Neuestem öfter. Die Mutter wischt den Tisch ab. Dann geht sie ins Wohnzimmer.

Der Abend ist Menschenzeit. Die Wohnblocks werden zu einem Scheibennetz aus Licht und Gewohnheiten. Die Mutter stellt sich gerne vor, dass sie eines dieser Lichtvierecke in jemand anderes Aussicht ist. Sie ist eine Silhouette über dem Fußboden, die die Blumen auf dem Tisch gießt, verschwindet, mit gefalteter Wäsche über dem Arm wiederkommt. Sie besteht aus halben Bewegungen, vielleicht Arme ohne Hände. Zündet sie Kerzen an, wird das Fenster zu einem *Zuhause*. Schaltet sie den Fernseher ein, wird das Fenster blau wie diese krebserregenden Süßigkeiten, auf die der Junge im Laden immer zeigt.

Die Mutter macht aus Gurkengläsern Blumentöpfe. Sie streicht die Gläser mit Kleister ein und beklebt sie mit lila Geschenkpapierstreifen. So, sagt sie. Dann füllt sie Steine und Erde in die Gläser und setzt Stecklinge aus den großen Töpfen im Wohnzimmer hinein. Sie stellt sie ins Küchenfenster. Mit der Zeit saugt sich das Geschenkpapier mit Wasser voll und löst sich auf. Aber die Pflanzen wachsen ineinander und bilden eine kleine Lochmustergardine im unteren Teil des Küchenfensters.

3

Am Morgen sind die Haare der Mutter schief. Sie stehen von der Kopfhaut ab, kräuseln sich an den Schläfen und hängen ihr schräg über den Rücken. Sie riecht wie die Kleider im Schmutzwäschekorb, die sie herauszieht und in die Waschmaschine legt, nicht schmutzig, nur getragen. Haut und Kopfhaut. Der Junge sitzt neben der Mutter auf dem Boden des Badezimmers und beobachtet ihre Bewegungen. Schwarz wird separat gewaschen, und Weiß wird separat gewaschen, sagt sie. Am Morgen ist der Körper der Mutter warm. Der Junge kriecht zu ihr ins Bett und versorgt sich mit ihrer Wärme. Aus ihrem Mund riecht es säuerlich. Aber er bohrt einfach sein Gesicht in ihren Oberarm und entgeht so dem Geruch.

Es ist Sonntag. Unser Tag, sagt die Mutter, sie macht Waffeln. Teig quillt unter dem Waffeleisen hervor, läuft über die Arbeitsplatte und in einem glänzenden Streifen an der Schranktür herunter. Der Junge hockt sich auf den Fußboden und leckt den Waffelstreifen von der Tür ab. Die Mutter singt und backt und sagt: Du mein kleines Kätzchen, du.

Der Junge bekommt eine Waffel auf dem Sofa. Er streicht Sauerrahm und Himbeermarmelade darauf, und die Mutter steht am Fenster und raucht. Der Himmel ist mattweiß wie die Häuser und der Horizont. Die Mutter hat zwölf Waffeln gebacken, die in einem Stapel auf dem Couchtisch stehen. Der Junge isst eine halbe, dann halt er sich den Bauch und sagt: Satt. Willst du nichts mehr?, fragt die Mutter. Der Junge schüttelt den Kopf. Dann iss wenigstens deinen Teller leer. Er schüttelt den Kopf. Die Mutter dreht sich wieder zum Fenster und atmet tief durch. Unten auf der Straße fahren vier Autos langsam vorbei. Die Tage sind ein langes, dünnes Band. Darauf warten, dass etwas haften bleibt. Der Junge ist vom Sofa aufgestanden, ins Schlafzimmer gegangen und hat sich die Flugzeuge geholt, jetzt sitzt er auf dem Fußboden im Wohnzimmer und macht leise Fluggeräusche. Die Mutter drückt die Zigarette aus und wirft die Kippe aus dem Fenster, dann isst sie eine Waffel. Der Kühlschrank, dieses Brummen. Die Mutter holt das Radio aus der Küche und nimmt es mit ins Schlafzimmer. Sie sortiert Wäsche, faltet Wollpullover zusammen und legt sie in einen Plastiksack, den sie ganz unten im Schrank verstaut, sie sucht dünne Röcke und eine Baumwolljacke heraus. Im Radio reden sie von Bäumen, aus denen Medikamente hergestellt werden, die Rinde wird abgezogen, und die Antikörper werden in kranke Körper injiziert. Die Mutter zieht eine Schublade mit Nagellack auf, öffnet die Fläschchen und wirft die eingetrockneten weg. So etwas macht man an einem Sonntag, Radio hören und alten Nagellack wegwerfen, außerdem hat sie Waffeln gebacken, und dort drüben im Wohnzimmer sitzt der Junge, er ist vergnügt und spielt mit seinen Flugzeugen, alles ist gut.

4

Dreißig einunddreißig zweiunddreißig dreiunddreißig
vierunddreißig fünfunddreißig sechsunddreißig sieben-
unddreißig achtunddreißig neununddreißig vierzig. Was
kommt nach vierzig? Einundvierzig. Was kommt nach einundvierzig? Zweiundvierzig. Was kommt nach zweiundvierzig? Dreiundvierzig. Danach kommt vierundvierzig. Fünfundvierzig. Du fängst sozusagen wieder von vorne an. Was
kommt nach fünfundvierzig? Sechsundvierzig. Der Junge
liegt unter dem Couchtisch. Die Mutter wischt Staub von
dem Eiffelturm auf der Kommode. Siebenundvierzig? Ja,
siebenundvierzig. Achtundvierzig, neunundvierzig. Was
kommt nach neunundvierzig? Fünfzig. Der Junge dreht
sich auf den Bauch und krabbelt unter dem Tisch hervor.
Er wiederholt die Zahlen mit Flüsterstimme, dann lacht er
laut. Die Mutter hebt den Eiffelturm hoch und hält ihn gegen das Licht, das durchs Fenster fällt, dreht ihn herum und
stellt ihn wieder zurück. Der Junge hat wieder mit eins angefangen, etwas lauter jetzt, bei jeder Zahl pikt er mit dem
Finger in den Fußboden.

Zahlen fallen dem Jungen leicht, die Wörter dagegen sind
schwieriger. Mitunter ist es, als ob seine Zunge stolpern
würde. Er springt über ein Wort, nimmt wieder Anlauf,

stoppt ab und springt hinüber. Wie soll man ihm nur beibringen, die Sätze nicht zu verstolpern? Manchmal, wenn er stottert, unterbricht ihn die Mutter und sagt: Okay, okay, schon gut, ich verstehe, was du meinst. Dann wird er wütend, schlägt mit der Faust auf den Tisch. Seine Stimme ist tief. Irgendetwas ist falsch an seiner Stimme, bisweilen hört er sich an wie ein erwachsener Mann, der Mutter läuft es kalt über den Rücken. Sie würde ihn gern bitten, still zu sein, aber das kann sie nicht. Es kommt vor, dass sie sich in der Küche einschließt, damit sie ihm nicht antworten muss, wenn er mit der tiefen Stimme spricht. Sie hält sich die Ohren zu und sagt sich immer wieder: Er ist fünf Jahre alt, er ist fünf Jahre alt, reiß dich zusammen.

Manchmal überkommen die Mutter radikale Gedanken. Ich könnte für den Jungen sterben. Der Junge macht mich verrückt. Wenn er stirbt, kann ich nicht leben. Ohne den Jungen wäre ich glücklich. Die Gedanken rieseln durch die Ritzen des Tages. Die Tage haben jetzt allzu viele Ritzen.

Wenn die Mutter Wäsche wäscht, wird die Wohnung zu einem Schloss. Sie hängt Bettlaken und Handtücher und Pullover über Stuhllehnen und Türen und in die Dusche und über den Couchtisch. Der Junge baut unter dem Couchtisch einen Kerker. Die Küche wird zu einem Geheimversteck. Die Mutter steht am Wohnzimmerfenster und raucht, sie schaut hinunter auf die Straße und wartet, dass die nächste Wäsche fertig wird. Der Rauch zieht nach hinten ins Zimmer und in die Laken hinein, als ob der Stoff ihn aufsaugt. Jetzt ist der Couchtisch ein Schiff, und der Rauch kommt von einem anderen Schiff weit draußen auf dem Meer.

Es klingelt an der Tür, Feueralarm auf dem Schiff, alle Mann von Bord, der Junge springt vom Couchtisch. Die Mutter drückt die Zigarette auf der Fensterbank aus und geht zur Tür, hebt den Hörer der Gegensprechanlage ab und sagt Hallo. Sie steht da und horcht, dann hängt sie ein und dreht sich zu dem Jungen um, der hinter ihr im Flur steht. Wer ist das, Mama? Niemand. Da klingelt es wieder. Wer ist das, Mama? Niemand, sage ich.

5

An manchen Abenden fahren sie Bus. Sie setzen sich in die hinterste Reihe, der Junge ans Fenster, und die Mutter beobachtet seine Augen in der Fensterscheibe. Das ist unsere Stadt, sagt sie leise. Die Abende sind jetzt hell und mild. Der Junge legt der Mutter eine Hand aufs Bein. Er mustert Häuser und Bäume und Bordsteinkanten, kneift die Augen zusammen, sodass die Stadt ein Streifen wird, öffnet sie und kneift sie wieder zusammen. Zwei Möwen attackieren ein Eispapier. Ein junger Mann erhebt sich von einer Bank und winkt jemandem auf der anderen Straßenseite zu. Am Horizont wölbt sich die Dunkelheit, man fährt mitten hinein.

Die Mutter und der Junge spielen Ich-sehe-was-was-du-nicht-siehst. Die Mutter sagt: Ich sehe ein blaues Dreieck. Der Junge sucht mit den Augen den Bus ab, vollkommen konzentriert auf die Aufgabe. Nach einer Weile gibt er auf und sagt: Hier ist kein blaues Dreieck. Wie wär's, wenn du dir mal die Fenster anschaust?, rät die Mutter. Da entdeckt der Junge das blaue Dreieck auf dem Aufkleber am Fenster. Er jubelt und zeigt darauf. Nun ist er an der Reihe, er überlegt: Ich sehe ... ich sehe ... ich sehe zwei gelbe Streifen. Die Mutter sieht die beiden Streifen an der Tür auf Anhieb, aber sie tut so, als ob sie sie nicht finden würde, lässt ihren Blick im ganzen Bus umherschweifen. Zwei Streifen also, sagt sie. Ist doch babyleicht, meint der Junge. Die Mutter blinzelt, sie weiß, dass der Junge sie jetzt ganz genau beobachtet. Da, sagt sie und zeigt auf die Tür. Da sind sie! Und der Junge ist selig.

Der Bus fährt an dem Blumenladen vorbei, in dem die Mutter ihre erste Stelle hatte. Sie saß auf einem Stuhl in einem Keller und band Kränze und hörte Radio. Sie könnte einmal dort vorbeigehen, nachsehen, ob noch immer dieselbe Dame das Geschäft führt, fragen, ob sie ein paar Tage die Woche dort arbeiten könnte, wenn der Junge in die Schule kommt. Kränze binden und mit den Fingern denken, nicht mehr wissen, welches Lied genau im Radio gelaufen ist. Der Bus hält an einer Lagerhalle an, eine ältere Frau steigt ein, der Bus fährt in ein Wohngebiet.

Der Junge blinzelt. Du bist müde, sagt die Mutter. Er schüttelt den Kopf. Wenn du groß bist, fährst du ganz alleine mit diesem Bus, sagt die Mutter. Warum denn?, fragt der Junge. Weil du dann erwachsen bist und in der Stadt herumfährst, wie du willst. Warum denn?, fragt der Junge. Weil das eben so ist, erwidert die Mutter und streicht ihm übers Haar. Diese Abende, in einem Bus mit dem Jungen, bis zur Endhaltestelle und wieder zurück, sind ein weicher Hohlraum. Jetzt fahren sie an einem leeren Fußballplatz vorbei, im Netz des Tores hängt ein Pullover. Wenn du zur Schule gehst, kannst du hier Fußball spielen, sagt die Mutter und zeigt hinaus, aber der Junge hat den Kopf auf die Brust sinken lassen und die Augen geschlossen, er schläft.

Inzwischen ist es ganz dunkel geworden. Der Bus hält, und der Fahrer sagt: Endstation. Die Mutter bleibt sitzen, den Jungen dicht an sich geschmiegt. Der Busfahrer ruft nach hinten: Fahren Sie die ganze Strecke mit zurück? Ja, antwortet die Mutter, so laut sie kann, ohne den Jungen aufzuwecken. Der Mann tritt in die Dunkelheit hinaus und zündet sich eine Zigarette an. Er lässt die Tür offen stehen, ein Kältehauch legt sich der Mutter über die Schultern.

Der Junge schläft den ganzen Rückweg über. Sie trägt ihn aus dem Bus und in die Wohnung hinauf, legt ihn in sein Bett, zieht ihm Jacke und Hose aus und deckt ihn sorgfältig zu.

6

Die Sonne über dem Häuserblock auf der gegenüberliegenden Seite des Parkplatzes und im Küchenfenster, weißes Licht im Fensterrahmen. Ein Schattenstreifen über dem Tisch, dorthin stellt die Mutter den Joghurt, damit er nicht warm wird. Sie hat für den Jungen ein Ei gekocht. Mit einem Teelöffel zerhackt er den festen Dotter, steckt kleine Bissen in den Mund. Er hat Eigelb im Mundwinkel und Schlaf in den Augen. Die Sonne wandert leise über den Tisch und den Fußboden, bis sie schließlich aus der Küche verschwindet, später ergießt sie sich über den Wohnzimmerboden, bildet um die Möbel herum eine Gloriole aus Flugstaub und geht dann hinter den Hügeln unter.

Der Junge hört alles. Die Geräusche in der Wohnung sind Fäden, die an ihm ziehen. Der Kühlschrank fängt an zu brummen, und er dreht sich zur Küche, ein Auto fährt unten vorbei, und er dreht sich zum Fenster. Er hebt den Kopf, wendet sich zum Flur, er hört Geräusche, die die Mutter nicht hört. Wenn die Mutter den Fernseher zu laut stellt, hält er sich die Ohren zu, und wenn er schlafen soll, hört er die Nachbarn eine Etage tiefer reden. Er gleicht einer Katze, er hört alles, nur nicht das, was die Mutter sagt.

Der Junge geht auf Zehenspitzen. Seit Kurzem tut er das ständig. Er lacht und wedelt mit den Armen, um das Gleichgewicht zu halten. Seine Knie sind nach innen geknickt, einwärts gedreht. Er geht aus der Küche durch den Flur ins Wohnzimmer und ins Schlafzimmer, dann zurück ins Wohnzimmer, umkreist dort den Tisch. Seine Bewegungen sitzen ineinander fest. Die Mutter würde ihn gern bitten, aufzuhören, aber sie weiß nicht, warum.

Stattdessen gießt sie die Pflanzen. Überall in der Wohnung hat die Mutter Pflanzen stehen. Lange Blätter hängen über die Fensterbänke herab, auf den Tischen stehen Kakteen. Sie gießt, topft um, düngt und sprüht, und wenn Weihnachten oder Ostern ist, schmückt sie die Töpfe mit kleinen Figuren.

Es klingelt. Die Mutter stellt die Gießkanne ab und tritt ans Fenster, legt die Wange an die kalte Scheibe und versucht zu erkennen, wer unten ist. Wer ist das, Mama?, fragt der Junge. Ich weiß nicht, antwortet sie. Dann geht sie in den Flur und nimmt den Hörer der Gegensprechanlage ab. Der Junge folgt ihr. Zuerst sagt sie nichts, lauscht nur auf die Stimme dort unten. Im Moment passt es gerade nicht, sagt sie. Dann verstummt sie. Nicht jetzt. Können Sie in einer Woche wiederkommen? Mein Junge ist krank. Es geht jetzt nicht. Dann hängt sie ein, geht in die Küche und schließt die Tür hinter sich. Da klingelt es wieder, aber sie hört es nicht, denn jetzt hat sie das Radio voll aufgedreht, *Are you still mine? I need your love I need your love God speed your love to me.*

Später lässt die Mutter Badewasser ein. Der Junge hat am ganzen Körper Gänsehaut. Er hat seine Knie umschlungen, hält sich an sich selbst fest. Die Mutter reguliert die Temperatur des Wassers, das aus dem Hahn fließt. Willst du etwas in der Badewanne haben? Er schüttelt den Kopf. Was ist mit dem Flugzeug? Da nickt er. Die Mutter geht ins Wohnzimmer und holt das rote Flugzeug. Sie legt es neben den Jungen in die Badewanne, in dem seichten Wasser treibt es von ihm weg, sie nimmt es hoch und legt es auf seine nackten Knie. Gleich wird es warm, sagt sie. Das Wasser steigt langsam höher. Die Mutter geht in die Hocke, lehnt den Kopf an den Badewannenrand und streicht dem Jungen über den glatten Rücken. Wenn jemand klingelt, darfst du nicht aufmachen, sagt sie. Das ist sehr wichtig, verstehst du? Warum nicht?, fragt er. Da draußen sind Menschen, die uns nichts Gutes wollen, sagt die Mutter. Was wollen sie denn dann?, fragt er. Sie wollen uns was Böses. Sie wollen nicht, dass du und ich zusammen sind. Deshalb darfst du nicht aufmachen, sagt die Mutter. Der Junge hebt das Flugzeug von seinen Knien hoch, schwenkt es hin und her durch die Luft. Als das Wasser ihm bis zu den Schultern reicht, dreht die Mutter den Hahn zu, und aus dem Badezimmer fließen die Geräusche ab. Der Junge versucht, das Flugzeug zu versenken, immer wieder, er drückt es mit der flachen Hand nach unten, aber es schnellt wieder hoch, und dann lächelt er kurz, jedes Mal.

Der Junge hat ein Muttermal am Hals. Es ist fast ganz rund, ein nahezu perfekter Schönheitsfehler. Früher erfand die Mutter kleine Geschichten über das Muttermal, wenn sie den Jungen zu Bett brachte. Sie erzählte, dass an dem Tag, an dem er geboren wurde, eine Elfe ins Krankenhaus kam und fragte, welches das allerschönste Kind sei. Da wurde sie zu dem Jungen geführt, und sie legte ihren Zeigefinger an seinen Hals und kennzeichnete ihn fürs ganze Leben. Oder die Mutter erzählte, dass das Muttermal eigentlich eine Tür sei, die er erst öffnen könne, wenn er erwachsen wäre, oder dass sie selbst ihm das Muttermal jeden Morgen mit roter Tusche auf den Hals pinsele, bevor er erwache. Inzwischen hat sie aufgehört mit den Geschichten vom Muttermal, doch von Zeit zu Zeit fragt er, warum habe ich dieses Rote da am Hals, Mama, und seine Augen werden schmal und sein Blick stechend, er will gar nicht wissen, was das für ein Mal ist, er will, dass sie sich etwas einfallen lässt.

Die Mutter macht sich ein Spiegelei, während der Junge badet. Sie steht am Herd und raucht und summt ein Lied. Die Asche rieselt auf den Fußboden, sie tritt mit nackten Füßen darin herum. Da fällt ihr der Junge in der Badewanne wieder ein.

7

Die Mutter sitzt am Küchentisch und blättert in einer Zeitschrift. Sie hat die Tür geschlossen. An manchen Tagen erträgt sie den Jungen nicht, die Zahlenreihen und Flugzeuge und Zehenspitzen auf dem Wohnzimmerfußboden. Da ist etwas an ihm, etwas vollkommen Fremdes, das nicht hierher gehört und das ihr unheimlich ist. Seine Schritte im Flur. Die Mutter steht auf und sperrt die Küchentür ab. Sie setzt sich wieder auf den Stuhl. In der Zeitschrift berichten Frauen über ihren Körper, darüber, was ihnen daran am besten gefällt, die Augen, der Hintern, die Beine, die Nase, und der Junge ruft nach ihr. Sie sagt: Nicht jetzt, warte einen Moment. Er fragt: Was meinst du, welches Flugzeug gewinnt? Das gelbe, antwortet sie. Die Flugzeuge krachen gegen die Tür. Das rote hat gewonnen, verkündet er. Mach die Tür auf, verlangt er. Warte kurz, erwidert die Mutter und zündet sich eine Zigarette an. Der Junge lässt ein Flugzeug gegen die Tür prallen. Er ruft: Warum schließt du nicht auf? Ich lese nur ein bisschen, gibt die Mutter zurück, sie hüllt die Frauenkörper in weißen Rauch ein. Die Schritte des Jungen entfernen sich in Richtung Wohnzimmer. Laufschritt, Zehenspitzenschritt. Die Mutter legt ihre Stirn auf die kühlen Zeitschriftseiten.

8

Am Morgen hat die Wohnung eigene Geräusche. Das Wasser aus dem Hahn an der Spüle ist hart, das Wasser aus dem Hahn an der Badewanne ist weich, und wenn der Kaffee fertig ist, gluckst es wie die Schuhe auf dem Waldweg hinter dem Wohnblock. Der Junge schmatzt beim Joghurtessen, und die Mutter gurgelt im Bad mit Mundwasser. Die Klospülung rauscht, ein stumpfes Messer wird auf dem Schneidebrett hin und her durch das Brot gezogen. Die Milchtasse löst sich geräuschvoll von der Wachstuchdecke. Und dann beginnt der Tag.

Jeden Morgen reißt der Junge ein Blatt von dem Kalender am Kühlschrank ab. Die Wochentage kann er schon lesen, und heute ist Mittwoch. Den Dienstag faltet er zu einem Schiffchen, das auf der Wachstuchdecke zu kentern droht. Im letzten Moment rettet er das Schiff, aber dann nimmt die Mutter es ihm weg und wirft es in den Müll. Iss deinen Joghurt auf, sagt sie. Die Mutter hat die Gardinen zurückgezogen, und die Sonne scheint zum Fenster herein. Die Kirchturmspitze ist in durchsichtige Folie eingepackt, drei Männer arbeiten unter einer Plane.

Vormittags: Der Kühlschrank brummt, der Junge zählt bis vierzig, eines seiner Flugzeuge stürzt über dem Fußboden ab, ein altes Lied im Radio. Dann kommt der Nachmittag, und die Parkplatzgeräusche dringen durch das offene Küchenfenster herein, ein Automotor, Kinderstimmen, ein Ball, der auf den Asphalt prallt.

Abends sitzen die Mutter und der Junge auf dem Sofa und sehen fern. Sie essen Erdbeeren, die die Mutter gewaschen und in eine Schüssel gelegt hat. Die Sendung handelt von einer Gruppe Menschen, die auf einer Insel im Atlantik einen eigenen Staat gegründet hat. Der König dieses Staates läuft in einem blauen Mantel herum und zeigt dem Fernsehteam die Insel. Sie haben eigene Briefmarken und eigene Banknoten gedruckt. Die Mutter glaubt nicht, dass der Junge begreift, um was es in der Sendung geht, aber als sie den Fernseher ausgeschaltet hat und auf einem Küchenstuhl sitzt und sich die Nägel lackiert, sagt er, dass er auf diese Insel ziehen will. Hier haben wir es doch schön, wendet die Mutter ein. Die haben sich ein eigenes Land gemacht, beharrt der Junge. Wir haben aber auch unser eigenes Land, wir beide. Wirklich? Ja. Wie heißt es denn? Kleine Staubkörner setzen sich im Nagellack fest. Die Mutter wedelt mit den Händen vor ihrem Mund herum und pustet. Dann schließt sie die Augen. Königin-Maud-Land, antwortet sie, und der Junge lacht. Warum denn das?, fragt er. So heißt es eben, sagt die Mutter.

9

Ein neuer Tag bricht an in Königin-Maud-Land. In Königin-Maud-Land isst man Brote mit Norvegia-Käse zum Frühstück. In Königin-Maud-Land putzt man zwei Minuten lang die Zähne, man zählt die Sekunden. Der Junge will Geldscheine basteln. Eine Flagge, sagt er, wir müssen doch eine Flagge haben. Natürlich werden wir eine Flagge haben, pflichtet die Mutter ihm bei. Und wir brauchen eine Nationalhymne, fügt sie hinzu. Ja! Der Junge soll sich eine Nationalhymne ausdenken. Was brauchen wir noch?, fragt er. Wir brauchen eine Verfassung, erwidert die Mutter. Ja, eine Verfassung!, jubelt der Junge. Artikel eins der Verfassung, sagt die Mutter, lautet: Königin-Maud-Land ist geheim.

10

Draußen ist es warm. Sonnenlicht liegt auf den grünen Hügeln hinter dem Wohnblock. Erster, ruft der Junge. Sie laufen um die Wette zur Haltestelle, der Junge gewinnt, er gewinnt immer. Da kommt auch schon der Bus, und sie setzen sich ganz nach hinten auf die Rückbank. Wenn sie so im Bus sitzen, ist alles in Ordnung. Sie sind: eine Mutter und ein Kind. Sie zeigt ihm die Welt, und er bekommt alles mit. Eines Tages wird er allein durch diese Straßen gehen. Sie wird tot sein, vielleicht, ganz sicher, und er muss sich in der Stadt zurechtfinden. Muss sich diese Welt aneignen. Er muss den Menschen in die Augen sehen, er muss mit ihnen sprechen, es ist wichtig, dass er alle Buchstaben lernt. Jetzt kann er bis hundert zählen. Doch sein Blick rinnt wie Wasser am Gehweg entlang nach unten. Ich hätte so gern ein paar schöne Fotos von dir, sagt die Mutter. Der Junge schaut aus dem Fenster. Wir haben gar keine anständigen Fotos, sagt sie.

Ein paar Wochen zuvor hat die Mutter ihre Kamera genommen und versucht, Fotos von dem Jungen zu machen, anständige Fotos, aber er sah immer nur zu Boden, egal, was sie sagte. Zum Schluss ging sie vor ihm in die Hocke und fotografierte sein Gesicht von unten, das hätte sie nicht tun sollen. Danach wollte der Junge die Kamera nicht mehr hergeben, er spazierte durch die Wohnung und machte Bilder, und sie ließ ihn gewähren, ertrug ihre eigene Stimme nicht mehr. Der Junge fotografierte alle Pflanzen, jede einzelne. Und er fotografierte den Fernseher und das Sofa und die Schlafzimmertür und die Mutter von hinten. Wie sie in der Küchentür steht, in einem dunkelblauen Kleid. Die Haare hängen in einem schlaffen Pferdeschwanz herunter. Später sah die Mutter die Bilder durch, und da stieß sie auf das Foto, das sie aus der Froschperspektive von ihm gemacht hatte. Irgendetwas war merkwürdig mit dem Licht, sein Gesicht war ganz weiß. Die Augen schwarz und abgewandt. Die Mutter löschte das Bild. Dann durchsuchte sie am Computer alte Dateiordner, und da sah sie es, er macht auf allen Bildern dasselbe, er sieht weg.

Der Junge haucht gegen die Fensterscheibe und zeichnet mit dem Zeigefinger ein Gesicht. Ich dachte, wir könnten zu einem Fotografen gehen. Sie rüttelt an seinem Oberschenkel. Hörst du, was ich sage? Der Junge lacht leise, während er mit dem Finger durch die beschlagene Stelle am Fenster fährt. Die Mutter dreht sich um und schaut zum Fenster auf der gegenüberliegenden Seite hinaus. Der Junge reckt sein Gesicht Richtung Glasscheibe, und die Mutter streichelt ihm über den Rücken. Die Sonne verschwindet hinter dem Hügel, das Licht bleibt noch hängen an diesem Sommerabend. Der Junge stimmt einen Kinderreim an. Die Laute klingen wie Wörter, aber sie sind etwas anderes.

Der Bus hält an einem See, die Mutter nimmt den Jungen bei der Hand und hilft ihm beim Aussteigen. Das Gras an den nackten Knöcheln fühlt sich nass an. Wir könnten baden, sagt sie, heute ist fast Sommer. Der See ist dunkel und still und von Birken umstanden. Die Mutter und der Junge gehen am Wasser entlang, bis sie vom Weg aus nicht mehr gesehen werden können. Dann ziehen sie sich bis auf die Unterwäsche aus. Wir müssen hier am Rand bleiben, wo es seicht ist, sagt die Mutter und taucht einen Zeh ins Wasser. Es ist kalt. Sie hält den Jungen an der Hand, während sie über die kleinen Steine weiter hinausgehen. Der Junge hüpft auf und ab. Als ihm das Wasser bis zum Bauch reicht, geht die Mutter in die Hocke, und er klettert auf ihren Rücken. Mit dem Jungen huckepack watet die Mutter langsam weiter und schwimmt schließlich los. Seine Haut fühlt sich glatt und fischartig auf der ihren an. Lachend klammert er sich an ihrem Hals fest. Bald lernst du schwimmen, sagt sie. Der Junge lacht ihr ins Ohr, ekstatisch, fast erschrocken. Er liegt schwer auf ihrem Rücken, sie hält nur ein paar Stöße durch, dann macht sie kehrt und schwimmt zurück. Der Junge lässt los, gleitet von ihr herunter und klettert ans Ufer. Er hüpft auf und ab und stürmt auf Zehenspitzen durchs Gras, als ob in seinem Körper nicht genug Platz für all die Freude wäre. Die Mutter trocknet ihn mit ihrem T-Shirt ab, dann ziehen sie sich an und gehen zur Bushaltestelle, sie sind jetzt ganz kalt. Der Junge sagt wieder seinen Reim auf, es ist derselbe, der ohne Worte.

11

Es gibt so vieles, was man tun müsste. Zu einem Fotografen gehen und ein paar ordentliche Bilder von dem Jungen machen lassen, Bücher für ihn in der Bibliothek ausleihen. Hätte sie doch nur die ersten Bücher ausgeliehen, die ihr eingefallen sind. Inzwischen ist schon so viel Zeit verstrichen, dass die Bücher perfekt sein müssten, damit er alles aus ihnen lernen könnte, was er wissen muss, bevor er in die Schule kommt, aber wenn sie daran denkt, dass sie genau diese Bücher ausfindig machen müsste, wissen müsste, welche die richtigen sind – der Mutter wird schwindelig bei diesem Gedanken, sie stellt ihn im Kopf ganz nach hinten, dann putzt sie den Badezimmerspiegel. Der Spiegel quietscht unter dem Lappen, sie reibt kleine Zahnpastaspritzer weg, dann ist der Spiegel blank und weit, und sie sieht ihr Gesicht, denkt, dass sie schön ist, dass alles gut wird. Ihre Haut überzieht Augenhöhlen und Jochbein, spannt sich über dem Kinn, so dünn, dass man das Grübchen in der Mitte sehen kann, strafft sich über den Halsschlagadern und dem Schlüsselbein und hebt sich weiß gegen das grüne Kleid ab. Die Mutter holt das Radio aus der Küche. Sie hört Radio und putzt die Badewanne. Früher waren die Vorhänge einmal weiß, jetzt sind sie gelbgrau, sie nimmt sie ab und legt sie in die Waschmaschine. Es ist ein Uhr, heißt es im Radio. Das Telefon klin-

gelt, sie nimmt es aus der Tasche ihres Kleides. Eine unbe-
kannte Nummer, sie steckt es wieder ein und lässt es klingeln.

Die Mutter backt ein Brötchen im Ofen auf. Für den Jungen
macht sie Hafergrütze. Nachdem sie das Bad geputzt hat,
sind ihre Hände runzlig. Im Radio geht es um einen neuen
Film, auch das ist etwas, was man machen müsste, wieder
einmal ins Kino gehen.

Sie übergießt die Grütze mit Milch und stellt sie vor den
Jungen auf den Tisch. Während des ganzen Vormittags hat er
sich unmöglich benommen, hat geweint und geschrien und
nach der Mutter getreten. Schließlich ist er auf dem Sofa
eingeschlafen. Jetzt ist er still, ganz rot um die Augen, und
stochert mit einem Finger in der Grütze herum. Ich will das
nicht, sagt er. Du musst essen. Du musst etwas im Leib haben, sagt sie. Der Junge schiebt den Stuhl vom Tisch weg, die
Mutter schiebt ihn zurück. Mit dem Finger zeichnet der Junge ein Gesicht in die Grütze, dann zieht er den Finger heraus
und malt Grützestriche auf den Tisch. Pfui Teufel, schimpft
die Mutter und packt ihn am Handgelenk. Sie nimmt einen
Löffel voll Grütze und versucht, den Jungen damit zu füttern.
Als ob du ein verdammtes Baby wärst, presst sie zwischen
den Zähnen hervor. Der Junge schüttelt den Kopf und kneift
die Lippen zusammen. Sie drückt den Löffel gegen seinen
Mund. Du bist ein Albtraum, sagt sie. Am liebsten würde sie
einfach weinen, auf den Fußboden fließen wie die Milch, in
die Ritzen hinein. Stattdessen presst sie den Löffel noch fester gegen die straffen Jungenlippen. Mit zwei Fingern packt
sie seine Oberlippe und zieht sie hoch, aber die Zähne des
Jungen sind zusammengebissen, es ist unmöglich. Sie bohrt

ihren Finger dazwischen und versucht, seine Zähne ausei-
nanderzuzwingen. Verflucht noch mal, faucht sie. Der Junge
schüttelt den Kopf und kneift das ganze Gesicht zusammen.
Die Mutter nimmt etwas Grütze zwischen die Finger. Mit
der einen Hand hält sie die Lippen des Jungen auseinander,
mit der anderen schiebt sie die Grütze zwischen seine Lippen
und seine Zähne. Sie zwängt so viel Grütze hinein, bis kein
Platz mehr ist. Anschließend steht sie vom Tisch auf, stellt
den Teller in die Spüle und sieht den Jungen an, der ganz still
dasitzt und sie anblickt. Dann spuckt er die Grütze aus, sie
läuft ihm über Kinn und T-Shirt. Er steckt den Zeigefinger
in den Mund, wühlt den letzten Rest hervor und spuckt ihn
unter den Küchentisch. Die Mutter zieht den Jungen vom
Stuhl, sie schleift ihn durch die Wohnung ins Schlafzimmer
und setzt ihn vor sich auf das Bett. Für einen Augenblick
wird sie unsicher, was soll sie jetzt tun, warum hat sie ihn
hierhergebracht. Du bleibst jetzt hier sitzen, brüllt sie. Dann
nimmt sie den Schlüssel und sperrt die Schlafzimmertür
von außen ab.

12

Der Junge hat auf dem Sofa unter den hochgezogenen Knien der Mutter eine Höhle gebaut. Jedes Mal, wenn er in die Höhle krabbelt, fängt die Mutter an zu lachen. Findest du was da drinnen?, fragt sie, und der Junge schüttelt den Kopf und klopft so gegen die Waden der Mutter. Heute ist Montag, und die Mutter wartet auf den Beginn der Fernsehserie, die sie sich regelmäßig ansieht. Sie haben Nudeln mit Fleischsoße gegessen, das mag der Junge, er isst schnell, wird ganz rot um den Mund. Nun liegt er reglos in der Höhle. Da klingelt es an der Tür. Reflexartig schaltet die Mutter den Fernseher aus, legt die Fernbedienung vor sich auf den Tisch, richtet sich kerzengerade auf und setzt sich auf dem Sofa zurecht. Der Junge kriecht aus der Höhle und fragt, wer da sei. Ich weiß nicht. Aber wer ist das?, fragt der Junge. Du bist jetzt still, du bleibst jetzt einfach hier sitzen, befiehlt die Mutter und steht langsam auf. Sie geht ans Wohnzimmerfenster, legt ihr Gesicht an die kalte Scheibe und blickt auf die Straße hinunter. Dann geht sie in die Küche und studiert die Autos auf dem Parkplatz. Wieder klingelt es. Mama, es klingelt, ruft der Junge. Die Mutter schließt die Wohnzimmertür. Ihr Atem sitzt unter dem Schlüsselbein fest. Sie stellt sich an die Gegensprechanlage und starrt auf das Kabel, das in einer Spirale an der Wand herunterhängt. Es ist still. Auch der Kühlschrank ist still. Die Mutter geht zurück ins Zimmer und setzt sich aufs Sofa. Der Junge liegt mit dem gelben Flugzeug auf dem Fußboden.

13

Der Mund der Mutter verschwindet, wenn sie liest. Er wird zu einem kleinen Strich zwischen ihrer Nase und dem Grübchen in ihrem Kinn. Ihre Augenbrauen heben und senken sich. Sie hat sich einen Roman vorgenommen, den sie als Teenager gelesen hat, sie will wissen, ob er ihr immer noch gefällt. Der Junge liegt in seinem Bett und redet mit sich selbst. Nach einer Weile legt die Mutter den Roman beiseite, geht in die Küche und schenkt sich ein Glas Portwein ein. Der Wein wärmt ihr das Herz. Sie nimmt das Glas mit ins Wohnzimmer, legt Fleetwood Mac auf, leise, damit der Junge schlafen kann, und dann tanzt sie durchs Zimmer, kleine Tanzbewegungen nur, sie weiß, dass die Nachbarn hereinschauen können.

Als der Junge noch ganz klein war, hatte sie eine Art Freund, der sie fast jeden Abend besuchen kam. Sie lagen zusammen auf einem alten Sofa, das schon bei ihrem Einzug hier gestanden hatte. Sie wussten, dass die Nachbarn sie sehen konnten, und sie lachten darüber, es verlieh ihnen eine Art Überlegenheit, sie führten Regie. Nach einer Weile wurde es ihr unangenehm, sie sagte, sie wolle Gardinen kaufen. Da blieb er weg. Zu jener Zeit arbeitete sie in dem Blumengeschäft, und eines Nachmittags, als sie kurz vor Ladenschluss die Blumen hereinholen wollte, entdeckte sie ihn auf der gegenüberliegenden Straßenseite. Er saß auf einer Bank und sah sie an.

Die Mutter nimmt sich einen Notizblock und macht eine Liste der Dinge, die erledigt werden müssen: Gardinen für das Wohnzimmerfenster kaufen, in der Bibliothek Bücher für den Jungen aussuchen, einen Termin beim Fotografen vereinbaren, neue Pflanzstäbe für das Efeu am Küchenfenster besorgen.

Der Junge ist eingeschlafen. Die Mutter kann nicht dauernd drinnen sitzen, den ganzen Tag, den ganzen Abend, jeden Tag. Der Junge soll keine solche Mutter haben. Also geht sie aus. Über den Parkplatz, vorbei an der Bushaltestelle und hinunter Richtung Einkaufszentrum. Die Abende sind jetzt hell und mild, es weht ein lauer Wind. Das Einkaufszentrum ist geschlossen. Die Mutter setzt ihren Weg entlang der Zufahrtsstraße fort, sie beschließt, bis zur Tankstelle zu gehen und Lakritze zu kaufen. Dann könnte sie auch gleich dem Jungen etwas mitbringen, etwas, mit dem sie ihn überraschen kann, wenn er am nächsten Morgen aufwacht, ein Zimtbrötchen vielleicht. Für jeden eines. Der Junge hat es gern, wenn sie dasselbe essen oder dasselbe tun. Sie könnte die Zimtbrötchen im Ofen aufbacken, damit sie nicht so trocken sind. Aber an der Tankstelle haben sie keine Zimtbrötchen, deshalb kauft die Mutter zwei Rosinenbrötchen und Dunder-Salt-Bonbons. Dann durchstöbert sie die Verleih-Videos neben der Kasse. Das ist es, was sie möchte, einen Film sehen, sich in etwas anderes hineinversetzen. Aber der Gedanke an die Wohnung und das Sofa und den Fernseher und die Atemgeräusche des Jungen aus dem Schlafzimmer, die Pflanzen auf der Fensterbank, den Staub unter den Möbeln, die Kratzer im Couchtisch, all das, was die Wohnung ausmacht, dieser Gedanke schnürt ihr die Brust zusammen. Sie verlässt die Tankstelle und setzt ihren Weg fort. Sie geht so lange weiter, bis sie vor dem Kino steht, sie kommt genau rechtzeitig zum Beginn einer romantischen Komödie. In der Kinodunkelheit versinken, in der letzten Reihe, mit Dunder Salt. Die Mutter verschwindet. Sie wird: eine Kinobesucherin an einem Frühsommerabend.

Das Unbehagen stellt sich gegen Ende des Films ein. Es stellt sich ein, weil die Mutter im Begriff ist, das Rosinenbrötchen des Jungen aufzuessen. Gedankenverloren hat sie angefangen, es zu essen, ihre Hand hat es einfach aus der Tüte genommen und zum Mund geführt, Bissen für Bissen. Ihr eigenes Rosinenbrötchen hat sie bereits verspeist. Sie sieht sich selbst, in der hintersten Reihe, mit dem in der Hand, was noch übrig ist von dem Brötchen des Jungen, das sie eigentlich am nächsten Morgen aufbacken wollte. Die Hafergrütze und das Ei und ihr Genörgel sollten ihm erspart bleiben, einfach ein Rosinenbrötchen essen und fertig. Die Mutter legt den Brötchenrest in die Papiertüte zurück und knüllt sie zusammen, sie klemmt sie am Boden zwischen zwei Sesseln fest. Bis zum Ende des Films bleibt sie sitzen, ungeduldig und von Übelkeit ergriffen, ihr Herz hämmert mit schweren Schlägen gegen ihren Brustkorb. Dann eilt sie heraus aus dem Dunkel und hinein in den hellgrauen Abend. Auf der Straße winkt sie ein Taxi heran, bittet den Fahrer, so schnell zu fahren, wie er nur kann. Es geht um einen kleinen Jungen, erklärt sie.

Es wird teuer, viel zu teuer, die Mutter sieht zu, wie die Kronen durch das Taxameter rasseln. Schließlich hält das Taxi an, sie bezahlt, stürmt die Treppe hinauf in die Wohnung und ins Schlafzimmer, wo der Junge liegt und schläft, vollkommen friedlich, und sie schließt ihn in ihre Arme, hebt den kleinen Körper hoch und schmiegt ihr Gesicht an ihn. Lieber kleiner Junge, flüstert sie, und er schläft einfach weiter.

14

Die Mutter erwacht vor dem Jungen. Der Morgen scheint weiß und grell durch den Spalt zwischen den Gardinen. Sie schleicht sich an dem Jungen vorbei ins Wohnzimmer. Alles ist, wie es sein soll, die Möbel stehen, wo sie stehen sollen, und als sie sich reckt und die Straße und den Parkplatz draußen absucht, sieht sie niemanden. Auch nicht die Bauarbeiter an der Kirchturmspitze. Vielleicht haben sie heute frei oder vielleicht ist die Kirchturmspitze fertig restauriert. Sie setzt Kaffee auf, anschließend geht sie ins Internet und sucht die Telefonnummer eines Fotografen in der Nähe heraus. Sie notiert sich die Nummer auf einem Zettel. An diesem Morgen ist ihr Körper leicht und ihr Kopf frei. Sie denkt mit Punkt und Komma und spürt, wie ihr Atem bis ganz hinunter in den Bauch strömt.

Später, als der Junge aufgestanden ist und sich ganz selbstverständlich mitten in die Küche gestellt hat, sieht die Mutter, dass die Kirchturmbauarbeiter doch da sind. Kleine Figuren, die sich langsam über das Gerüst bewegen. Und der Junge sagt nichts, er steht einfach nur da und ist wach und wartet auf sein Essen wie ein Vogeljunges. Hast du Hunger?, fragt die Mutter mit der sanftesten Stimme, die sie hat. Der Junge nickt und setzt sich auf einen Küchenstuhl.

Während der Junge frühstückt, geht die Mutter ins Wohnzimmer und ruft den Fotografen an. Sie sagt, dass sie ihren Sohn fotografieren lassen will. Das kriegen wir hin, antwortet der Fotograf mit Altmännerstimme. Prima, sagt sie. Wie alt ist er? Er ist fünf.

Sie vereinbaren, dass die Mutter und der Junge am Donnerstag der folgenden Woche im Fotostudio vorbeikommen sollen. Der Fotograf sagt, er habe Requisiten und Hintergründe aller Art und die Mutter werde garantiert zufrieden sein. Gibt es irgendetwas, was ich vorher über den Jungen wissen sollte?, fragt er. Nein, antwortet die Mutter. Oder vielleicht doch. Es ist schwer, Blickkontakt mit ihm zu bekommen, wenn Sie verstehen, was ich meine. Er schaut einem sozusagen nicht in die Augen, und auf Fotos sieht er immer weg. Ich möchte ein paar Bilder, auf denen er ganz normal aussieht. Das kriegen wir hin. Das ist mein Fachgebiet, versichert der Fotograf.

Danach fühlt die Mutter sich im ganzen Körper warm. Es ist so leicht gewesen, nur die Nummer heraussuchen, anrufen und einen Termin machen. Das kriegen wir hin. Das ist mein Fachgebiet.

Nach dem Frühstück gehen die Mutter und der Junge nach draußen. Sie wollen sich das Labyrinth ansehen, das ein paar Künstler im Park aufgestellt haben. Die Mutter hat Aufnahmen davon in der Zeitung gesehen. Eine Bereicherung für den Stadtteil, wird ein Politiker in dem Zeitungsartikel zitiert.

Auf dem Parkplatz vor dem Wohnblock nimmt der Junge die Hand der Mutter und fragt, was nach hundert komme. Hunderteins, sagt die Mutter und drückt seine Hand ein bisschen. Und was kommt nach hunderteins? Hundertzwei. Und was kommt nach hundertzwei? Hundertdrei. Und nach hundertdrei, was kommt da? Hundertvier. Dann kommt hundertvier. Aber was kommt nach hundertvier? Die Mutter bleibt stehen. Wie soll ich das erklären?, seufzt sie. Was denn erklären? Ihr Kopf ist leer. Man fängt praktisch wieder von vorne an, sagt sie. Der Junge kickt ein paar Kieselsteine weg, bückt sich und hebt einen Stein auf. Was glaubst du, wie weit ich den werfen kann?, fragt er. Aber ich bin doch gerade dabei, dir etwas zu erklären, die Zahlen. Aber meinst du, ich kann die Tür treffen? Die Mutter erhebt ihre Stimme: Man fängt wieder von vorne an. Man fängt wieder mit eins an, wenn man bei hundert angekommen ist, also hunderteins, hundertzwei, hundertdrei, hundertvier, hundertfünf, hundertsechs. Der Junge wirft den Stein. Getroffen!, schreit er. Hundertsieben, verstehst du?

Der Park ist fast leer. Zwei ältere Männer sitzen auf einer Bank. Auf dem Weg vor den Müllcontainern führt eine Frau einen Hund aus, die Frühlingssonne blinkt in seinem Halsband. Das Labyrinth ist ein heller Holzklotz mitten auf dem Rasen. Die Mutter zeigt darauf, und der Junge lässt ihre Hand los und rennt darauf zu. Die Mutter sitzt auf einer Bank, während der Junge seine Runden durch das Labyrinth dreht, sie hört seine Schritte, er geht und dann rennt er, er prallt gegen eine Holzwand und rennt weiter. Die Sonne verschwindet hinter einem Ahornbaum und wird zu kleinen Sprenkeln auf dem Rasen. Der Junge kommt aus dem Labyrinth und setzt sich zur Mutter auf die Bank. Du hast den Ausgang gefunden, lobt sie ihn und zieht den kleinen Körper an sich. Hat das Spaß gemacht? Der Junge nickt. Er springt hinunter ins Gras und läuft wieder ins Labyrinth. Die Mutter legt den Kopf in den Nacken und blickt hinauf zu dem bleichen Himmel und den dünnen Wolkenschleiern.

Im Labyrinth wird der Junge unsichtbar. Er ist ein Indianer, er findet die verborgensten Verstecke, aus denen er Feuerpfeile auf den Feind abschießen kann.

Eine Kinderschar marschiert durch den Park. An der Spitze und am Ende der Reihe gehen zwei Erwachsene in Parkwächterkleidung. Die Mutter steht von der Bank auf und fährt sich mit der Hand durchs Haar, läuft zum Labyrinth hinüber und späht hinein. Bist du da drin? Stille. Gleich kommen ganz viele Kinder zum Spielen hierher, sagt sie. In den engen Gängen ist es dunkel, sie tastet sich langsam vorwärts und ruft dabei nach dem Jungen. Schluss jetzt mit Spielen, wir müssen nach Hause. Die Kinder singen. Wo bist du? Sie findet ihn in einer Ecke, er hat sich ganz klein gemacht und grinst, als die Mutter ihn sieht. Jetzt gehen wir, sagt sie. Er schüttelt den Kopf. Keine Diskussion, jetzt gehen wir. Der Junge schüttelt den Kopf, sie packt ihn am Arm und schleift ihn durch das Labyrinth, er macht sich schwer. Als sie wieder ins Freie kommen, haben die Kinder aufgehört zu singen, sie sind ganz dicht ans Labyrinth herangekommen. Der Junge bleibt stehen. Dann nimmt er die Hand der Mutter und folgt ihr bis zu der Bank. Sie zieht ihm noch einen zweiten Pullover über, und dann gehen sie nach Hause.

15

Die Mutter zieht braune Stiefeletten an und schminkt sich die Lippen rot, sie macht sich einen Pferdeschwanz und geht mit dem Gesicht ganz dicht an den Spiegel heran, betrachtet aufmerksam ihre Wangen. Dann hängt sie sich die Tasche über die Schulter und sagt zu dem Jungen, er solle keine Dummheiten machen, solange sie fort sei, aber der Junge hört nicht, er ist im Wohnzimmer. Sie zieht die Tür hinter sich ins Schloss und wirft eine Abfalltüte in den Müllschlucker. Das Echo ihrer Stiefeletten hallt durchs Treppenhaus, als ob sie viele wäre, viele Mütter in braunen Stiefeletten, die für ihre Kinder etwas zu essen einkaufen gehen. Draußen ist es kalt, doch die Sonne scheint. Der Splitt bleibt an ihren Sohlen hängen, als sie den Parkplatz überquert. Aus einem blauen Auto steigt eine Frau. Sie hat kurzes weißes Haar und energische Bewegungen, jetzt kommt sie auf die Mutter zu. Sind Sie Annie?, fragt die Frau, sie ruft es über den Parkplatz, und die Mutter bleibt stehen. Sie ist eine Pflanze, die Wurzeln in den Asphalt geschlagen hat. Jetzt ist die Frau fast da, sie streckt eine Hand aus. Die Mutter nimmt ihre Hand und sagt: Nein, das bin ich nicht. Ach so, sagt die Frau. Auf welcher Etage wohnen Sie denn? Ich wohne gar nicht hier, ich wohne da drüben, erwidert die Mutter und zeigt auf den Wohnblock auf der gegenüberliegenden Seite des Parkplatzes. Aha, sagt die Frau, und ihr Blick fixiert die Mutter, bis diese sich umdreht und geht.

Als die Mutter vom Einkaufen zurückkommt, fragt sie den Jungen, ob er eine Reise in den Süden machen wolle. Er antwortet nicht, bewegt nur das rote Flugzeug auf und ab. Möchtest du gern in den Süden fahren?, fragt sie noch einmal. Süden!, ruft sie, und da hebt er den Blick. Was ist Süden?, will er wissen. Da ist es warm, sagt sie. Wir können baden und Eis essen und am Strand eine Sandburg bauen. Der Junge nickt. Er will in den Süden.

Die Mutter hat lange Finger, die fest auf die Tastatur hämmern. Sie streckt ihr Gesicht nach vorn, bis dicht vor den Bildschirm, ihre Augen bewegen sich im Zickzack, und das blaue Bildschirmlicht bescheint ihren halben Kopf. Der Junge steht im Türrahmen und sieht ihr zu. Die Mutter tippt und raucht, dann steht sie auf und verkündet: Nächste Woche fahren wir nach Teneriffa. Der Junge nickt. Er hat große dunkle Augen. Teneriffa, wiederholt sie und hebt ihn hoch. Warme, trockene Wangen im Nacken, zwei kleine Finger, die den BH-Träger umklammern. Das wird toll, sagt sie und trägt den Jungen in die Küche.

16

Die Mutter hat Lebensmittel über das Internet bestellt. Ein junges Mädchen bringt vier Tragetaschen an die Wohnungstür, und die Mutter packt die Sachen auf dem Küchentisch aus. Jetzt haben wir genug zu essen für eine ganze Woche, sagt sie zu dem Jungen, der auf dem Fußboden liegt und zwei Flugzeuge durch die Luft zieht. Welches, meinst du, gewinnt jetzt, Mama? Das rote, sagt die Mutter. Beide Flugzeuge krachen gegen den Kühlschrank. Beide haben verloren, lacht er. Schau mal, all die guten Sachen, sagt sie zu dem Jungen, aber er schaut nicht. Nachher üben wir die Zahlen, kündigt die Mutter an. Und sie spürt: Alles wird gut, nun braucht sie eine ganze Zeit lang nicht mehr einkaufen zu gehen, und die Zahlen kann sie dem Jungen ja auch ohne Bücher beibringen, und bald fahren sie weg.

Später geht sie ins Schlafzimmer und sucht heraus, was sie für die Reise in den Süden braucht. Sie legt ein Paar hellblaue Sandalen auf das Bett, drei Sommerkleider, einen Bikini. In einer Schublade findet sie alte Schminksachen. Vor dem Spiegel hinter der Tür probiert sie einen lila Lippenstift aus, er zerbröckelt auf ihren Lippen. Das Telefon klingelt. Sie stellt es ab.

Am Abend löscht die Mutter das Licht in der Küche und im Flur. Sie öffnet das Wohnzimmerfenster und atmet die kühle Luft ein. Der Himmel ist tiefblau, und die Bäume sind wie mit Kohlestift gezeichnet. Das Hotel, in dem sie wohnen werden, hat einen Swimmingpool und gefliese Fußwege, die über den Rasen führen. Sie werden einen Balkon und eine Minibar haben, und niemand wird an der Tür klingeln. Der Junge wird lernen, ohne Schwimmflügel zu schwimmen. Sie werden mit dem Flugzeug fliegen, der Junge wird eine kleine Kiste mit Spielsachen bekommen, und sie werden ganz normal sein, eine Mutter und ein Sohn unterwegs zu einem warmen Ort, und die Stewardessen werden lächeln, wenn sie den Jungen sehen. Er muss mit ihnen sprechen, es ist wichtig, dass er spricht. Die Mutter schließt das Fenster.

17

Der Junge erwacht vom Regen, der gegen die Scheibe trommelt. Der Himmel ist dunkelgrau, und er selbst ist ein Indianer, geräuschlos spielt er im Wohnzimmer. Versteckt sich hinter dem Sofa und schießt mit Pfeilen auf die Blumen auf der Fensterbank. Der Regen am Fenster ist das Hufgetrappel der feindlichen Pferde. Die Mutter steht auf und macht Hafergrütze. Der Junge schüttelt den Kopf, als sie auf die Schüssel zeigt und sagt: Frühstück. Was essen Indianer?, fragt er. Hafergrütze, sie essen Hafergrütze, gibt die Mutter zurück. Der Junge schüttelt den Kopf. Die Mutter hebt ihn hoch und setzt ihn auf einen Stuhl. Aber was essen Indianer?, fragt er. Ich weiß nicht, sagt die Mutter. Aber wieso sagst du dann, sie essen Hafergrütze? Vielleicht tun sie das. Vielleicht essen manche Indianer Hafergrütze. Du isst jetzt jedenfalls dein Frühstück. Der Junge steckt einen Finger in die Grütze. Ich hab keinen Hunger, sagt er. Die Mutter hat sich auf einen Küchenstuhl gesetzt, sie trinkt Kaffee. Im Süden gibt es einen Swimmingpool. Wenn du dort schwimmen willst, musst du dein Frühstück essen. Der Junge hat seinen Kopf neben die Schüssel auf den Tisch gelegt, er hat die Augen geschlossen. Ich hab Bauchweh, sagt er. Später holt die Mutter drei Butterkekse aus dem Schrank.

Das Telefon klingelt, die Mutter lässt es klingeln. Es ist Montag, und sie sortiert die T-Shirts des Jungen. Viele sind zu klein geworden, er wächst so schnell. Sie packt die T-Shirts, die ihm nicht mehr passen, in eine Tüte und stellt sie in den Flur. Als sie an der Wohnungstür steht, hebt sie den Hörer der Gegensprechanlage ab und horcht auf den Parkplatz hinaus. Dort ist alles still, und sie lässt den Hörer los, er baumelt ein Stück über dem Fußboden.

Die Mutter steigt auf den Dachboden und holt zwei Koffer, einen kleinen und einen großen. Im Treppenhaus trifft sie die Frau aus der Wohnung über ihnen. Sie hat etwas Herrisches, die Mutter stellt sich vor, dass sie eine ist, die bei der Stadtverwaltung arbeitet. Fahren Sie in den Urlaub?, fragt die Frau. Die Mutter nickt. Rom, antwortet sie. Toll, schwärmt die Nachbarin, eine wunderschöne Stadt. Wir freuen uns auch, sagt die Mutter, hoffentlich wird das Wetter gut. Na klar, sagt die Nachbarin, um diese Jahreszeit ist es super. Sie wünscht ihnen eine gute Reise, dann geht sie in ihre Wohnung zurück.

Die Mutter kommt mit den Koffern herein. Der Junge steht hinter dem Sofa und macht Schießgeräusche, peilt durch seine Finger die Pflanzen auf der Fensterbank an. Was jetzt ganz wichtig ist, sagt die Mutter, unsere Reise geht nur uns beide etwas an. Niemand außer uns weiß davon. Der Junge schießt auf die Blumentöpfe. Wenn du jemandem begegnest, darfst du ihm nichts von der Reise erzählen. Der Junge ist über die Sofalehne auf den Boden hinabgeklettert. Hörst du, was ich sage? Was denn?, fragt der Junge. Du darfst niemandem sagen, dass wir wegfahren.

Die Mutter hat im Internet Fotos von dem Hotel aufgerufen. Der Junge sitzt auf ihrem Schoß vor dem Bildschirm, und sie zeigt, so sieht das Bett aus, dort kannst du baden, und da werden wir frühstücken. Sie zeigt auf das Funkeln der Sonne in den Wassergläsern, schau, wie warm es da ist.

18

Die Mutter muss einkaufen gehen. Schon drei Tage nachdem das Mädchen mit den Plastiktüten vor der Tür gestanden hat, ist keine Milch mehr da. Außerdem muss sie Sonnenbrillen und eine neue Badehose für den Jungen kaufen. Es ist Morgen, die ganze Nacht hat es geregnet, das Getrommel am Fenster ist bis in die Träume gedrungen. Jetzt ist es still. Der Junge liegt mit seinen Flugzeugen auf dem Fußboden im Wohnzimmer. Die Mutter zieht sich den Mantel an und schminkt sich die Lippen lila, sie geht ins Wohnzimmer und stellt sich ans Fenster, legt ihr Gesicht an die Scheibe und äugt hinunter. Zwei Autos fahren auf der Straße vorbei. Dann geht sie in die Küche und inspiziert den Parkplatz. Fünf Autos parken da, sie erkennt sie wieder. Im Flur hebt sie den Hörer der Gegensprechanlage ab und lauscht, nichts. Dann legt sie ihr Ohr an die Tür, im Treppenhaus ist es still. Ich bin gleich wieder da, ruft sie und geht hinaus.

Als die Mutter fort ist, wird die Wohnung eine Burg. Das Sofa wird ein Wall und das Bad ein Kerker. Der Junge stellt Kanonen auf die Fensterbänke und hisst eine Flagge auf dem Couchtisch. Vor der Wohnungstür zieht er in einem Halbkreis Streitkräfte zusammen und richtet auf der Arbeitsplatte in der Küche einen Luftstützpunkt ein. Geräuschlos läuft er über den Fußboden.

Die Mutter öffnet die Tür, und die Streitkräfte fallen. Der Junge hat sich hinter dem Sofa versteckt. Jetzt springt er auf und schießt auf die Mutter. Was hast du denn hier gemacht?, sagt sie. Sie stellt die Milch in den Kühlschrank und hält dem Jungen die Badehose hin. Probier die mal an, sagt sie. Er schüttelt den Kopf. Doch, probier sie mal an. Damit kannst du dann im Pool baden. Sie setzt sich die Sonnenbrille auf. Na, was sagst du jetzt?, fragt sie. Der Junge gibt keine Antwort.

Die Vormittage sind lang. Das Licht wandert über den Fußboden, und der Kühlschrank brummt. Die Mutter sitzt auf einem Stuhl und raucht. Sie müsste eigentlich aufstehen und dem Jungen das mit den Zahlen beibringen, aber er spielt gerade so schön auf dem Wohnzimmerboden. Stattdessen blättert sie in einer Broschüre, die in der Post war. Mit den Nachmittagen ist es anders, sie kommen ganz sachte, gehen aber so schnell vorbei. Die Mutter und der Junge essen zu Abend, dann sehen sie fern, die Mutter wechselt die Gardinen im Wohnzimmer, und dann soll der Junge zu Bett gehen. Die Abende sind lang. Das Sofa am Rücken ist weich, die Dunkelheit am Fenster ist weich, Blumen gießen, eine Schublade ordentlich einräumen.

Nachts, wenn der Junge schläft, denkt die Mutter an seine Augen, wie sie neben ihr liegen und gegen seine Lider starren. Der Garderobenschrank ist schwärzer als die Nacht. Die Tür ist schwärzer als der Wohnzimmerstreifen. Die Nacht im

Schlafzimmer riecht nach Kopfhaut. Sie sitzt im Bett und atmet in den Bauch. Dann legt sie sich wieder hin und schließt die Augen und wartet, dass die Gedanken aufhören, Sinn zu ergeben. Sie wartet darauf, dass sie sich von der Stirn lösen und rückwärts davonfliegen. Sie wartet darauf, das Atmen zu vergessen, das Zimmer zu vergessen. Die Gedanken kreisen irgendwo unmittelbar hinter ihren Augen. Der Junge, die Wachstuchdecke, Joghurt in einer Schale, die Gegensprechanlage, die Zehenspitzen auf dem Fußboden, die Gegensprechanlage, die Frau mit dem Silberhaar, die Flugzeuge, der Junge, warum sieht er sie nicht an, wenn er spricht, Nudeln mit Fleischsoße, das Telefon, das klingelt. Sie setzt sich im Bett auf und schaltet die Nachttischlampe an. Von dem Jungen ist nur der Hinterkopf zu sehen, die Bettdecke bewegt sich sanft auf und ab. Auf ihrem Nachttisch liegt ein Buch über Pflanzen. Sie hat es vor langer Zeit auf einem Trödelmarkt erstanden. Es ist schon alt, und statt Fotos enthält es kleine zierliche Schwarz-Weiß-Zeichnungen. Neben jeder Zeichnung steht der lateinische Name der Pflanze. Sie blättert Seite für Seite um, schafft es aber nicht, sich auf eine Pflanze zu konzentrieren. Sie steht auf und geht in die Küche, öffnet den Kühlschrank, schließt ihn wieder. Ein Auto fährt auf den Parkplatz und hält an. Zwei Männer steigen aus, sie reden miteinander. Dann verschwinden sie im Nachbarhaus. Die Mutter setzt sich auf einen Küchenstuhl.

Später, als graues Morgenlicht die Blumen auf dem Wachstuch hervortreten lässt, steht der Junge auf. Er geht auf Zehenspitzen durchs Wohnzimmer und hinein in die Küche, setzt sich auf einen Stuhl. Ist jetzt Morgen?, fragt er. Ja, jetzt ist Morgen, antwortet die Mutter und streicht ihm übers

Haar. Sie steht auf, um den Kühlschrank zu öffnen, und merkt, wie schwindlig ihr ist, ihr Körper ist leicht und elektrisch, die schlaflosen Stunden sitzen hinter ihren Augen und drücken.

Sie nimmt zwei Kirschjoghurts heraus, einen für sich und einen für den Jungen. Wortlos essen sie. Der Junge summt ein Lied. Die Mutter setzt Kaffee auf.

Können wir heute zum Labyrinth gehen?, fragt der Junge. Heute nicht, erwidert die Mutter. Warum nicht? Heute bleiben wir hier drinnen. Warum denn? Weil ich das so entschieden habe. Aber warum können wir nicht zum Labyrinth? Weil wir heute drinnen bleiben.

19

Die Mutter kocht Kakao für den Jungen, sie rührt mit einer Gabel im Topf, das macht ein Kratzgeräusch. Der Junge sitzt auf einem Küchenstuhl und hält sich die Ohren zu. Sie gießt den Kakao in eine Tasse und hält sie ihm hin. Pass auf, der ist heiß, sagt sie. Sie hat ihm auf dem Sofa ein Nest aus Decken und einem Oberbett zurechtgemacht. Zusammen gehen sie ins Wohnzimmer, und die Mutter hält die Kakaotasse, während der Junge in das Nest klettert.

Die Mutter öffnet ihren Posteingang. Sie hat eine E-Mail vom Reisebüro bekommen, in der steht, dass ihre Kreditkarte nicht gedeckt ist und die Flugtickets storniert werden. Mit freundlichen Grüßen. Sie sucht die Telefonnummer des Reisebüros heraus, dann geht sie ins Bad und ruft an. Die Frau am Telefon redet, während die Mutter ihr eigenes Spiegelbild anstarrt. Ihre Haut ist so gelb wie die Küchentapete. Wenn Sie uns das Geld nicht morgen überweisen können, kriegen wir das leider nicht mehr hin, sagt die Frau, und die Mutter nickt der gelben Haut im Spiegel zu. Verstehe, erwidert sie. Wenn es diesmal mit Teneriffa nicht klappt, können Sie doch woanders Urlaub machen. Wir haben ja jetzt Ihre E-Mail-Adresse, da werden wir Ihnen unsere allergünstigsten Angebote zukommen lassen, verkündet die Stimme.

Okay, sagt die Mutter und legt auf. Sie wirft das Telefon zu den Putzlappen in den Schrank und macht die Schranktür zu.

Die Mutter sitzt auf einem Küchenstuhl und zündet sich eine Zigarette an. Sie hat die Küchentür von innen abgeschlossen. Damit sie nachdenken kann, sie muss nachdenken, sie kann nicht nachdenken, wenn der Junge im selben Raum ist. Er macht sie verrückt. Sie drückt die Zigarette auf der Fensterbank aus und wirft die Kippe aus dem Fenster auf den Parkplatz hinunter. Die Leitung der Wohnungsbaugenossenschaft hat im Flur einen Zettel aufgehängt, auf dem steht, dass es verboten ist, Kippen aus dem Fenster zu werfen, verboten. Diese Regeln gelten für alle. Die Fenster sind schmutzig, und in den Beinen der Mutter kribbelt es, als ob sie kleine Insekten unter der Haut hätte. Sie schließt die Augen, damit ihr Blick nicht an all den Dingen im Raum haften bleibt, sie muss nachdenken. Der Junge redet im Wohnzimmer, Wörter, die nur fast Wörter sind. Ein schwacher Wind trägt den Rauch durchs offene Fenster in die Wohnung zurück. Sie könnten woandershin fahren, mit dem Zug nach Schweden oder mit dem Schiff nach Dänemark, und dann neu anfangen. Aber der Junge kann nicht neu anfangen. Warum schafft sie es bloß nicht, klar zu denken. Sie steckt fest, in ihrem eigenen Kopf und in den Dingen in der Wohnung. Sie weiß, wie sich all diese Dinge an den Fingerspitzen anfühlen. Sie steht auf und gießt die Blumen auf der Fensterbank. Der Junge ruft nach ihr, sie tut, als ob sie ihn nicht hört. Er ruft noch einmal, jetzt nimmt sie seine Schritte durch den Flur wahr. Vor der Küchentür halten sie an. Er sagt nichts, atmet nur durch den Mund. Die Mutter steht ganz still mitten in der Küche. Die Räume sind so klein. In der Wohnung ist kein Platz zum Nachdenken. Da hört sie seine Schritte wieder, sie entfernen sich Richtung Wohnzimmer, und sie setzt sich auf den Stuhl.

Es klingelt an der Tür, unvermittelt und schrill. Der Ton geht der Mutter durch Mark und Bein. Sie steht auf und schiebt den Stuhl so heftig beiseite, dass er umfällt. Dann geht sie auf die Knie und kriecht auf allen vieren zum Küchenfenster, sie streckt den Kopf weit über die Fensterbank und späht auf den Parkplatz hinunter. Drei Autos parken da, unmöglich zu wissen, ob sie hierher gehören oder nicht. Unmöglich, irgendetwas zu wissen. Es sind Nachbarn und Passanten, Ärzte und Verkäuferinnen, Arbeiter von dem Baugerüst am Kirchturm, doch wer sind sie wirklich, und was sehen sie von ihrem Aussichtspunkt da oben? Die Mutter hört die Stimme des Jungen, diese helle Stimme, die er gern benutzt, wenn er Faxen macht. Plötzlich fährt sie hoch, schließt die Küchentür auf und hastet in den Flur hinaus, aber es ist schon zu spät, der Junge steht da mit dem Hörer der Gegensprechanlage in der Hand und spricht mit verstellter Stimme. Die Mutter entreißt ihm den Hörer und hängt ein. Dann schiebt sie ihn ins Wohnzimmer zurück. Es ist ihr Körper, der handelt, als würde er nicht zu ihr gehören, er zittert so heftig, dass sie es kaum schafft, die Wohnzimmertür wieder zu schließen. Ihr Mund ist zu einem schiefen Strich zusammengepresst. Sie geht zum Fenster und nimmt eine Zigarette aus einem Blumentopf, sie legt ihre Zigarettenschachteln immer in die Töpfe. Dann beginnt sie, ihre Taschen abzuklopfen, danach ihren ganzen Körper, auf und ab, auf und ab, bis der Junge schließlich fragt, was sie da tue. Da hört sie auf. Ich suche ein Feuerzeug, antwortet sie. Der Junge zeigt auf den Couchtisch. Lass niemanden in die Wohnung, sagt der halbe Mund der Mutter, während sie sich die Zigarette anzündet. Wir zwei sind ein Team, verstehst du das? Sie tritt wieder ans Fenster. Der Junge sieht das Spiegelbild der Mutter in der Fensterscheibe, im Spiegelbild sind ihre Augen Löcher. Wenn sie Rauch aus ihrem Mund bläst, stößt er gegen das Fenster und strömt über das Glas wie Milch über den Tisch. Sie drückt die Zigarette in einem Blumentopf aus und zündet sich eine neue an. Da klingelt es wieder. Die Mutter dreht sich zu dem Jungen um und zeigt in Richtung Schlafzimmer, geh da rein, sagt sie. Der Junge schüttelt den Kopf, er steht ganz gerade da. Geh da rein, wiederholt sie. Er schüttelt den Kopf. Wir müssen zusammenarbeiten, schreit sie, doch der Junge blickt zu Boden, er arbeitet nicht mit ihr zusammen. Die Mutter drückt die Zigarette auf der Fensterbank aus, aber die Zigarette qualmt weiter, eine dünne Säule, die aufsteigt und die Gestalt der Mutter umweht. Es klingelt noch einmal, und die Mutter zerrt den Jungen hinter sich her ins Schlafzimmer. Er macht sich steif, sagt aber nichts. Er sagt auch nichts, als sie aus dem Schlafzimmer geht und ihn einschließt. Dann fängt sie an, Möbel in den Flur zu schleifen, einen kleinen Tisch, einen Stuhl, eine Kommode, sie errichtet vor der Wohnungstür eine Festung. Sie nimmt eine Schere und schneidet den Hörer der Gegensprechanlage ab.

20

Die Mutter erhebt sich vom Bett, leise, damit der Junge nicht aufwacht. Sie streift sich einen Wollpullover über das Nachthemd und geht ins Wohnzimmer. Sie setzt sich aufs Sofa, fährt sich immer wieder mit den Fingern durchs Haar und rollt einzelne lose Haare zu einem Knäuel zusammen. Es ist dunkel, die Sofakissen sind kalt. Im Fenster sieht sie ihr Spiegelbild, den türkisfarbenen Pullover, dann sieht sie die Dunkelheit und das Licht, die erleuchteten Fenster sind Sterne in der Betonnacht. Nach einer Weile geht sie ins Bad und schaltet das Deckenlicht ein, es sticht in den Augen. Jedes Mal, wenn sie die Medikamentenschublade aufzieht, denkt sie, dass sie erwachsen ist, da sie eine Medikamentenschublade hat. Die Nacht dauert ewig für den, der nicht schläft. Wer nicht schläft, weiß, dass die Stunde zwischen fünf und sechs die dunkelste Stunde ist. Die Mutter legt die Tabletten auf einem Teller auf der Anrichte bereit. Wer nicht schläft, weiß, dass man in der Stunde zwischen fünf und sechs niemals Urteile über das Leben fällen sollte. Die Mutter setzt sich aufs Sofa und wartet auf das Tageslicht.

DIE TSCHERNOBYLTIERE

So ist es immer: Papa und ich im Auto unterwegs durch Schweden. Oder durch *Østerdalen* oder zur norwegischen Südküste, wir fahren auf der E16 westwärts, und der Wagen riecht nach Hund und Spülwasser. Die Straße durchzieht die Felder wie eine schwarze Naht, und bald wird die Sonne untergehen. Ich nicke ein und wache wieder auf, nicke ein, wache auf. Papa zwirbelt seinen Bart um einen Finger. Oder er fummelt am Radio herum. »Agnes, kannst du nicht mal anständige Musik suchen? Nicht so einen Scheiß.« Ich stelle einen Sender ein, der Chart-Hits spielt, und draußen ist es schon ganz dunkel. Das Licht sind wir beide.

Papa und ich sind das Licht, das Insekten anzieht, an uns bleibt alles Mögliche hängen: Häuser, Frauen und fremde Kinder, Garagen, Wohnungen, Straßen, das Weihnachtsessen und die Fotoalben anderer Leute. Dann verschwindet all das wieder, und wir beide sitzen im Auto. Papa im Profil, eine Hand am Schalthebel. »Such doch mal ein gutes Lied im Radio, Agnes.«

Papa und ich teilen die Zeit in tote Hunde ein. Charlie zum Beispiel steht für die Zeit, als Mama noch lebte. Dann kam Mipp, also die Phase unmittelbar danach, als er mit Susanne zusammen war. Als wir wieder umzogen, blieb Mipp bei Susanne. Danach schafften wir uns Hera an, und Papa lernte Liv kennen. Liv ging fort, und Hera fraß einen Fliegenpilz. Anschließend bekamen wir Abby, einen schwarz-weißen Border Collie. Und dann begegnete Papa Klara. Wir zogen in ihr Haus in einer Wohnsiedlung am Rande einer Kleinstadt. Ich habe ein Zimmer oben im ersten Stock bekommen, neben dem Zimmer von Mattis. Wir sind zu Ikea gefahren und haben ein Bett gekauft, Papa hat mir einen Nachttisch gebaut, und für Abby haben wir einen Schlafplatz auf einer alten Bettdecke unter der Treppe eingerichtet.

Papa steht mit einer Kiste voller Wunderkerzen im Flur. Die Wunderkerzen sind einen halben Meter lang, es sind bestimmt hundert Stück, in dicken Bündeln, mit Silberband zusammengebunden. Über seinem Arm hängen dunkelblaue Girlanden, die im Licht der Deckenstrahler funkeln. Klara sagt, ein Zehntel von all dem Zeug, das er gekauft hat, hätte vollkommen genügt. Papa entgegnet, Silvester sei nur ein Mal im Jahr. Er hat sich schon den Anzug angezogen und die langen Haare im Nacken zu einem Knoten gebunden. Als Klara ins Wohnzimmer zurückgegangen ist, flüstere ich Papa zu:

»Wo sind die Raketen?«

Papa schaut sich um.

»So ein verdammter Scheiß.«

»Macht nichts«, sage ich.

»Wir brauchen doch aber Raketen«, wendet Papa ein.

»Das macht doch nichts.«

»So was Blödes«, sagt Papa.

Er zieht sich die Jacke an und geht wieder hinaus.

Papa zahlt keine Miete. Deswegen macht er solche Sachen: einen halben Meter lange Wunderkerzen kaufen, mit einem tiefgefrorenen Elch auf dem Rücksitz nach Hause kommen.

Ich gehe nach oben in mein Zimmer, um mich für den Abend fertig zu machen. Ich entscheide mich für die Strumpfhose mit den silbernen Streifen, ziehe ein hellrotes Kleid an und binde mir ein silbernes Band ins Haar. Um die Augen male ich einen dicken, feuchten Kajalstrich, den ich an den Seiten schräg nach oben ziehe. Ans Ende setze ich jeweils einen kleinen Punkt. Auf den Augenlidern verteile ich Glitzer und umrande mit rotem Konturenstift die Lippen. Schmiere knallroten Lippenstift drauf. Klara mag es nicht, wenn ich mich schminke. Sie ist der natürliche Typ – makellose Haut und keine Wimperntusche. An den Wochenenden packt sie Kakao, Schellen und Flaggen ins Auto und fährt mit ihrem Bruder zu Biathlon-Rennen, er ist nämlich Biathlet. Ich krame ein Paar große, blaue Ohrringe hervor und schlüpfe in meine Stiefeletten. Die Fingernägel lackiere ich silbern. Um den Hals lege ich mir ein eng anliegendes schwarzes Samtband; ich weiß, dass Klara das nicht leiden kann.

Bei Klara werde ich ich selbst. Ich fühle meine Kanten, wenn sie gegen die von Klara stoßen. Klara ist rein wie eine Schublade mit Leintüchern, man zieht sie ohne Widerstand heraus und lässt den Zeigefinger an dem Wäschestapel entlanggleiten. Klara ist ein straffer Pferdeschwanz ohne ein einziges aufgeladen abstehendes Haar. Dicke, einfarbige Baumwollpullover, ebenmäßige weiße Zähne. Ich bin eine *Nicht*-Klara. Holprig und chaotisch, immer ein Loch in der Strumpfhose, Hundehaare auf dem T-Shirt.

Wir wohnen in einer Vorstadtsiedlung, Klara, Mattis, Abby, Papa und ich. Man kann direkt raus in den Garten gehen, die Luft ist sauber, und von meinem Schlafzimmerfenster aus sehe ich das Meer. Trotzdem fällt mir das Atmen so schwer in diesem Haus. Die Zimmer hier sind so klein. Die Decken so niedrig. Wenn es dunkel wird, wird es ganz, ganz still, und wenn ich den Kopf aufs Kissen lege und die Augen schließe, kommen die Tschernobyltiere, fast jede Nacht. Leuchtende Bären. Ungeborene Meerschweinchenjunge, bei denen man das bläuliche Herz durch die dünne Haut schimmern sieht. Albinoratten, Fuchswelpen ohne Maul, die aus den Zitzen ihrer Mutter trinken wollen. Ein Juckreiz unter der Haut, Ausschlag am Gehirn.

Das ist aber nicht Klaras Schuld. Es sind die niedrigen Zimmerchen, die ewig sich hinziehenden Nächte und Mattis, der kaum vorhanden ist, bis auf die Geräusche von seinen Ballerspielen auf der anderen Seite der Wand. Und beim Blick aus dem Fenster sieht man nichts außer Reihen um Reihen der gleichen Häuser und große viereckige Rasenflächen. Es ist so glatt hier, dass die Tschernobyltiere zwischen den Häusern herumgleiten können.

»Die Ansprache des Königs«, ruft Klara vom Wohnzimmer herauf. Auf der anderen Seite der Wand hinter dem Spiegel sitzt Mattis und spielt Ballerspiele. An manchen Abenden muss ich an die Wand klopfen, damit er den Ton leiser stellt, weil ich sonst nicht schlafen kann. Er ist zwei Jahre älter als ich, wir gehen in dieselbe Schule, aber auf dem Schulhof reden wir fast nie miteinander. Auch zu Hause wechseln wir kaum ein Wort. Meistens sitzt Mattis in seinem Zimmer und spielt Computer. Manchmal geht er mit einer Corn-flakes-Schale zwischen Zimmer und Küche hin und her. Ein mageres Wesen, das durchs Haus schleicht, leise wie eine Katze. Als er jünger war, hat er Biathlon gemacht und ist mit Klara und ihrem Bruder zu den Wettkämpfen gefahren. Jedenfalls hat Klara mir das erzählt. Mattis war erfolgreicher, schneller und ehrgeiziger als alle anderen in seinem Alter, aber dann hat er sich den Knöchel gebrochen. Als der Knöchel geheilt war und Mattis wieder anfangen sollte, war er nicht mehr der Beste, und da hat er aufgehört. Klara hat die Augen aufgerissen, als sie das sagte: »Aufgehört. Kannst du das glauben?« Ich weiß nicht, was ich glauben soll, ich kenne ihn nicht. Manchmal sehen wir nach der Schule zusammen fern. Aber ich kenne ihn nicht. Ich kenne nur die Geräusche aus seinem Zimmer, die Gestalt, die die Straße entlanggeht, seine Schuhe im Hausflur. Ich weiß, welches Deo er benutzt, und unsere ineinander verschlungenen Haare verstopfen zusammen den Duschabfluss. Aber kennen tue ich ihn nicht.

Ich gehe ins Wohnzimmer hinunter. Klara sitzt auf dem Sofa und sieht dem König zu. Sie hat ein langes schwarzes Kleid angezogen und ihr Haar mit einer blau-grünen Libellenspange hochgesteckt.

Klara schaut mich an.

»Hast du dich geschminkt?«, fragt sie.

Ich antworte nicht.

»Wo bleibt denn nur Joe?«

»Er ist Feuerwerk kaufen gefahren.«

»*Feuerwerk?*«

»Ja, das alte war nicht mehr zu gebrauchen.«

»Um halb acht am Silvesterabend?«

»Ja.«

»Hat er gesagt, wo er hinwollte?«

»Nein.«

Klara steht auf und blickt aus dem Fenster.

»Das Essen ist doch jeden Moment fertig«, sagt sie.

Ich setze mich aufs Sofa und betrachte den König, ohne ihm zuzuhören. Klara bleibt am Fenster stehen. Dann geht sie in die Küche und kommt mit einem Glas Weißwein zurück.

»Der König spricht«, ruft sie in den ersten Stock hinauf, wo Mattis sitzt und spielt.

»Joe findet ja, dass der König ein Clown ist. Aber ich mag ihn«, bemerkt Klara.

Mein Papa ist Amerikaner; seit zwanzig Jahren lebt er in Norwegen, aber an die königliche Familie kann er sich einfach nicht gewöhnen. *That's just sick*, sagt er jedes Mal, wenn sie auf dem Bildschirm auftauchen. *Gold und Lametta auf Kosten der Steuerzahler.*

Was Papa und Klara aneinander finden, ist ein Mysterium. Papa mit seinen langen Haaren und seinen Monologen über Spritzmittel, die Konsumgesellschaft und die Impfmafia (*die allerschlimmste Landplage!*) und Klara, die den König mag, Einrichtungsmagazine abonniert und ein Wochenendhaus mit Fußbodenheizung besitzt. Sie fürchtet sich vor dem Alter, das hat sie mir selbst gesagt. Und da habe ich bei mir gedacht, dass es vielleicht genau darum geht: dass Papa ihr das Gefühl gibt, jung zu sein.

Klara arbeitet als Physiotherapeutin. Oft legt sie ihre warme Hand auf meine Lendenwirbelsäule und sagt, ich müsse an meiner Haltung arbeiten. Oder sie kommt und massiert meine Schultern, während ich an den Hausaufgaben sitze. Klara ist warm und kalt zugleich. Sie ist imstande, mich auf dem Sofa an sich zu ziehen und mir den Nacken zu kraulen. Sie gibt mir Kosenamen, *Angelika*, *Agni*, und ihre Haut riecht nach Weichspüler und Lavendel. Doch dann wird sie kalt. Beobachtet meine Bewegungen und kneift die Augen zusammen, wenn ich etwas sage, als ob ich eine Sprache sprechen würde, auf die sie sich konzentrieren muss, um sie zu verstehen. Wenn ihre Augen schmal werden, fühle ich, wie mir Fischschuppen wachsen. Ganz allmählich.

Früher habe ich meinen Willen kaum zu fassen bekommen. Jetzt wird er in mir mächtiger wie die Eisschicht auf der Schwelle des Hauseingangs, wir müssen die Tür mit aller Kraft zuziehen.

Als der König seine Ansprache beendet hat, geht Klara in die Küche. Ich stehe vom Sofa auf und stelle mich an die Verandatür. Und dort, über den Häusern und Gärten, färbt sich der Himmel lila und rosa, in mächtigen Explosionen. Dann wird es wieder still. Der Winter ist kahl und mild. In der Verandaecke sind noch ein paar schmutzige Schneereste zu sehen. Die Wohnsiedlung erstreckt sich über eine weite Fläche und ist in Vögel eingeteilt. Wir wohnen im Auerhahnfeld, hier sind die Häuser grau und weiß. Am Ende der Fläche liegt die Eisbahn, zwischen der Eisbahn und dem Auerhahnfeld ist ein Kiosk, und hinter dem Kiosk steht das verlassene Haus, das wir Kleine Hölle nennen, das ist alles. Wenn man den anderen Weg nimmt, gelangt man zu den Felsen und zum Meer. Klara hat mir erzählt, ihre Großmutter habe einmal dort unten auf einem Felsen gestanden und gesehen, wie abgerissene Körperteile von Pferden an Land getrieben seien. Das war im Krieg, die Pferde waren an Bord eines Schiffes gewesen, das auf eine Mine gelaufen war. Jetzt muss ich immer an tote Pferde denken, wenn ich das Meer sehe. Ebenso wie Murmeln mit einem ganz bestimmten Parfum verbunden sind und das Parkhaus mit weißen Gummistiefeln zusammengehört, die Thermoskanne mit einer wunden Stelle ganz hinten auf der Zunge. Dienstage sind gelb, und Mittwoche sind braun. Die Woche ist ein Streifen, das Jahr ein Kreis, und nachts kommen die Tschernobyltiere. Fast jede Nacht, ich brauche nur den Kopf aufs Kissen zu legen und die Augen zu schließen. Leuchtende Wildschweine, die über eine Ebene laufen, augenlose Kaninchen, die zu einem wirren Haufen zusammenwachsen, Wildkatzen, die nach giftigen Pilzen buddeln. Radioaktiv, innerlich verbrannt, bis auf die Zellen zerstört. Manchmal ist es Abby, die ich vor mir sehe, abgemagert und fast ohne Fell, mit Krebsgeschwüren am Hals.

Die Tschernobyltiere tun einem nichts, es sind nur zu viele, und sie breiten sich dermaßen schnell aus, befruchten sich selbst, wachsen einander aus der Haut. Eine Schulsozialarbeiterin hat mir mal gesagt, ich solle über die Tschernobyltiere Buch führen, aufschreiben, wann sie auftauchen, was ich an dem Tag gemacht und wie ich mich gefühlt habe. Ich antwortete, was mir als Erstes in den Sinn kam: »Ich habe kein Buch.« Also wühlte sie in einer Schublade und zog ein hellgraues Schreibheft hervor. »Hier«, sagte sie. »Schreib alles auf, und wenn du das nächste Mal herkommst, kannst du erzählen, was du geschrieben hast.«

Wegen der Tschernobyltiere bin ich in der Sonderklasse oben im Dachgeschoss gelandet. Ich konnte nachts nicht mehr schlafen. In der Schule war ich total leer im Kopf, es schmerzte hinter den Augen, und nichts blieb hängen. Ich fing an, mitten in der Unterrichtszeit zu verschwinden, ich legte mich in einen Park, um zu schlafen, oder saß in der Bibliothek und starrte die Buchrücken an. An manchen Tagen bin ich auch einfach nach Hause gegangen und habe ferngesehen. Oder ich lief durch die Stadt und durchstöberte Klamottenläden. Etwas Schlimmes habe ich nie getan, ich schaffte es bloß nicht, in der Schule zu sein, ohne auf meinem Stuhl einzuschlafen.

Manchmal bin ich auch mit dem Bus hinauf zum Krankenhaus gefahren, wo Papa zweimal in der Woche am Empfang arbeitet. Ich sagte dann, wir hätten freibekommen, und setzte mich in dem Kämmerchen neben dem Eingang auf einen Stuhl. Wenn mich die Müdigkeit überkam, stand ich auf und lief durch die Flure, fuhr im Aufzug rauf und runter, kaufte Milchshakes am Kiosk, einen für mich und einen für Papa. Und wenn niemand kam, um etwas zu fragen, und das Telefon nicht klingelte, setzten wir uns in das Kämmerchen und schwatzten. Wir sahen uns die Leute an, die durch die Gänge schlenderten, in den Kiosk gingen und wieder herauskamen, und erfanden kleine Geschichten über sie.

»Die da drüben ist frisch verliebt.«

»Der Junge da hat ADHS.«

»Der mit der Kappe hat Aids.«

»Papa!«

»Die hier ist ein *hypochondriac*.«

»Der Typ da drüben ist nur in den Kiosk gegangen, um die Frau hinter der Kasse anzubaggern.«

»Die beiden da können sich nicht mehr ertragen. Das sieht man an ihrem Gang.«

Papa spricht von der Strahlung im Krankenhaus, von den ganzen Maschinen, die es dort gibt, den CT- und Röntgengeräten. »Die Strahlen kommen aus allen Richtungen und gehen geradewegs durch uns durch.« Solche Dinge beschäftigen ihn, Gifte im Essen, Plastik im Meer, Strahlung in der Luft. Eine Zeit lang behauptete er, er würde im Krankenhaus aufhören, hat dann aber doch weitergemacht. Und dieser Job liegt ihm wirklich, er unterhält sich so entspannt mit den Leuten, gibt Auskunft über Zimmernummern, er lächelt und zeigt Besuchern den Weg, meldet sich am Telefon, als würde das Krankenhaus ihm gehören. Nach seinem Dienst fuhren wir dann im Auto zusammen nach Hause, immer bergab, über die Bahngleise, durchs Zentrum und hinaus in die Wohnsiedlung. Manchmal hoffte ich, dass er einen U-Turn machen und stattdessen den Weg zur Autobahn einschlagen würde, zurück nach Oslo, es wäre so leicht gewesen. Aber dann dachte ich an Klara, die gekocht hatte, Klara, die Chips gekauft und einen Film ausgeliehen hatte, weil Freitag war, Klara, die ein Babyfoto von mir im Flur über der Kommode aufgehängt hatte, sie ist es, die alles zusammenhält. Ohne Klara sind wir Helium.

Als ich immer häufiger die Schule schwänzte, begannen die Lehrer, Papa anzurufen. Elterngespräche, Schulsozialarbeiterin. Sollten sie doch. Mir war klar geworden, dass sie mir nichts anhaben konnten. Dass ich frei war. Und das gefiel mir. Ich fand es gut, schwierig zu sein. Aus mir herauszutreten, zu spüren, wo die Welt aufhörte und ich selbst anfing. Das Loch zu stopfen, durch das ich die ganze Zeit ausgelaufen und all das andere in mich hineingelangt war. So landete ich im Dachgeschoss, zusammen mit einem Jungen, der den Lehrer mit einem Springmesser bedroht hatte, und einem schielenden Mädchen, das um alle seine Blätter Ränder zog. Simon und Malin. Sie wurden meine Freunde. Malin sagt nie etwas, außer wenn wir alleine sind. Dann spricht sie schnell und abgehackt, als ob all das, was sie den ganzen Tag über für sich behalten hat, sich angestaut hätte und nun aus ihrem Mund herausstürzt. Oft gehe ich nach der Schule mit zu ihr. Wir machen Grießbrei oder Pfannkuchen und schauen MTV, bis ihre Eltern von der Arbeit kommen. Malin und ihre Mutter sind beide allergisch gegen Tierhaare. Trotzdem haben sie das Haus voller Tiere: Ratten, Kaninchen und Hamster. Die Hamster kriechen beim Fernsehen in unsere Pulloverärmel. Manchmal treffen Malin und ich uns in der Kleinen Hölle. Der Name stammt von Malin, keine Ahnung, woher sie ihn hat. Eigentlich ist es nur ein verlassenes Häuschen. In dem Häuschen stehen ein altes rotes Sofa und eine Kiste, die als Tisch dient. Wir sitzen auf dem Sofa und quatschen und rauchen. Manchmal ist auch Simon dabei. Oder einer von den Kosovo-Albanern aus der Flüchtlingsunterkunft. Die haben solche kleinen süßen Kuchen mit, die Simon in Schnaps tunkt und herumreicht.

Im Dachgeschoss hat Simon mir den Würgegriff beigebracht. In den Schulpausen haben wir ihn aneinander geübt, Simon, Malin und ich. Simon forderte mich auf, die Luft anzuhalten, dann legte er mir seine Hände um den Hals und drückte auf meine Adern, bis die Blutzufuhr unterbrochen wurde und es in meinem Kopf mit schweren Stößen zu hämmern begann. Er zeigte mir, wohin ich die Finger legen soll, um maximalen Druck auszuüben, und woran ich erkennen kann, wann ich loslassen muss. Simon drückte meine Adern ab, bis ich Sternchen sah, dann kniff ich ihn in den Oberschenkel, und er ließ los, so war es abgesprochen. Anschließend machte ich das Gleiche mit Malin, ich fand es schön, den spärlichen Puls unter meinen Fingern zu spüren. Dann loszulassen.

Klara hat den Tisch gedeckt. Sie hat Kerzen angezündet, einen Streifen aus Konfetti über die Tischtuchmitte gestreut, silberne Servietten zu kleinen Schwänen gefaltet und auf den Tellern platziert. Die Kiste mit den Wunderkerzen hat sie neben die Verandatür gestellt.

»Kannst du bei Mattis anklopfen und ihm sagen, dass wir essen, sobald Joe wieder da ist?«

Ich drehe mich zu ihr um, und irgendetwas muss in meinem Blick gewesen sein, denn sie fragt:

»Du hast doch keine Angst vor Mattis?«

»Nein.«

Klara zuckt mit den Schultern und macht sich an den Silberschwänen zu schaffen.

»Er ist ein lieber Junge«, sagt sie.

Ich setze mich aufs Sofa. Klara stellt einen Silberschwan zurück auf den Tisch und bemerkt:

»Dieses Kleid ist ganz schön kurz, Agnes.«

Ich stelle den Ton des Fernsehers ab.

»Wenn du so kurze Kleider anziehen willst, kannst du nicht auch noch hohe Absätze tragen.«

Es geht auf acht zu, und Papa ist immer noch nicht zurück. Klara wandert zwischen Küche und Wohnzimmer hin und her, sie tritt auf die Veranda hinaus und reckt den Hals, um auf die Straße spähen zu können. Die Libelle ist ihr in den Nacken gerutscht, auf der einen Seite fällt ihr das Haar über die Schulter. Sie kommt ins Wohnzimmer zurück.

»Raketen«, murmelt sie und schüttelt den Kopf. »Das Dümmste, was ich je gehört habe.«

»Wieso denn?«

»Raketen. Das Essen wird doch kalt.«

»Können wir es nicht einfach aufwärmen?«

Klara sieht mich mit diesen schmalen Augen an und schüttelt langsam den Kopf.

»Ihr zwei seid genau gleich. Ihr denkt immer, dass sich alles schon irgendwie einrenken wird. Immer schön den Kopf in den Sand«, sagt sie und geht wieder in die Küche.

Jedes Mal, wenn ich alleine in einem der Zimmer in Klaras Haus bin, bekomme ich Lust, in den Schubladen herumzuschnüffeln, um herauszufinden, wer diese Menschen eigentlich sind, wer sie waren, bevor sie uns aufgegabelt haben. Sie müssen ganz anders gewesen sein, ebenso wie Papa und ich ganz anders waren. Damals in Livs Osloer Wohnung in St. Hanshaugen. Wir spielten Scrabble und sahen uns jede Folge von *Die sieben Schwestern* im Fernsehen an, sonntags aßen wir Spaghetti Carbonara. Papa hatte einen Fahrradfimmel. Unten im Hinterhof nahm er alte Fahrräder auseinander, baute sie wieder zusammen und lackierte sie um. Und wenn er die Treppe hochkam, roch er nach Farbe und Teer. Seitdem ist der Geruch für mich mit der Zeit in dieser Wohnung verhaftet. Genau wie der Duft des Mandelöls, das Liv benutzte. Liv mochte ich am liebsten. Vielleicht, weil sie Krebs hatte, als ich sie kennenlernte. Ich wusste sozusagen, dass ich sie verlieren würde, dass sie etwas Kostbares war.

Liv sagte, dass sie wegen Tschernobyl Krebs bekommen hätte. Sie tippte mit dem Zeigefinger auf den Atlas.

»Da, siehst du?«

»Mhm.«

»Von dort kommt der Krebs.«

»Okay.«

»Mit dem Regen ist er gekommen.«

Dann holte sie eine Zeitschrift aus der Küche und blätterte zu einem Artikel. Er handelte von der Sperrzone um den Atomreaktor. Die Menschen waren weggezogen und die Natur eingezäunt worden. Damals las ich über die Tiere, die sich die Umgebung erobert hatten. Füchse, Wildschweine und Katzen. Aber auch Bisons, Wildpferde, Luchse und Bären – Arten, die eigentlich in dieser Region seit Jahrhunderten nicht mehr heimisch waren. Sie waren zurückgekehrt, hatten sich in den Dörfern und Wäldern ausgebreitet. Die Tiere konnten frei leben, ohne von Menschen gejagt zu werden, aber ihre Körper waren voller radioaktiver Stoffe.

Es war aber nicht der Krebs, der uns Liv wegnahm. Sie wurde wieder gesund. Schwarzes, dichtes Haar begann auf ihrem Kopf zu sprießen, und zur Feier des Tages gingen wir ins Frognerseteren, richtig gut essen. »In den Ferien fahren wir nach Seattle, alle drei«, frohlockte Papa. In der gemeinsamen Zeit mit Liv hatte er sich das weiche amerikanische R abgewöhnt. Er hatte sich den Pferdeschwanz abgeschnitten und seine Turnschuhe durch braune Lederschuhe ohne Schnürsenkel ersetzt. Im Gegenzug hatte er Liv dazu gebracht, beim Einkaufen keine Plastiktüten mehr zu verlangen, und dann hatte Liv, die Architektin war, Papa dazu gebracht, das Oslo Plaza toll zu finden. »Das ist doch eine Art Aushängeschild für die Stadt«, bemerkte er eines Nachmittags, als wir im Auto am Oslofjord entlangfuhren. Aus dem Trip nach Seattle ist nie etwas geworden. Liv traf einen anderen und verließ uns – wie im Film, eines Tages war sie einfach weg. Sie hinterließ noch einen Zettel auf dem Küchentisch: *Lieber Joe, liebe Hera und Agnes.* In der Zeit danach war es dieser Zettel, der mich am meisten erboste, weil mein Name als allerletzter kam, nach Papa und nach dem Hund. Nach dem Hund!

Klara wandert von Zimmer zu Zimmer. Sie sieht auf die Uhr, schaut aus dem Fenster, öffnet die Verandatür und schließt sie wieder, wirft einen Blick auf mich, als sie durchs Wohnzimmer geht. Besorgt, dann wütend. Immer wütender. Vor dem Sofa bleibt sie stehen und verkündet:

»Wenn du so kurze Kleider tragen willst, musst du wenigstens lernen, anständig zu sitzen.«

Ich ziehe die Beine hoch und schalte ein anderes Programm ein. Abby kommt ins Zimmer, sie legt sich neben mich und seufzt tief.

»Schmeiß den Hund vom Sofa«, befiehlt Klara.

Ich gebe Abby einen Schubs, und sie springt hinunter und macht es sich unter dem Tisch bequem.

»Das ganze Haus ist voller Hundehaare. Sieh doch«, mault Klara und zupft ein weißes Abby-Haar von ihrem Kleid.

Als Klara wieder in die Küche geht, klopfe ich mit der flachen Hand neben mich, und Abby springt aufs Sofa und kuschelt sich an mich, die weiche Schnauze auf meiner Silberstrumpfhose. Abends gehe ich mit Abby spazieren, durch die Wohnsiedlung, bis zum Kiosk und zurück. Abby ist ein Stadthund, bestimmt langweilt sie sich hier draußen, aber Papa meint, sie habe hier *alles, was ein Hundeherz begehrt.*

Hunde gehören nicht in die Stadt, meint er. Als ob wir nie woanders gewohnt hätten als in dieser Siedlung.

Da geht die Tür. Es ist Papa, ich höre die schweren Stiefel und das Rascheln seiner Daunenjacke. Dann Klaras Stimme, sie fährt ihn an: »Wo zum Teufel hast du gesteckt?« Sie schreit etwas von Rentierbraten und Silvester und Scheißraketen. Ich kann Papa nicht verstehen, aber ich höre, was Klara sagt: »Während deine Tochter als kleine Nutte verkleidet auf dem Sofa sitzt.«

Ich schaue an mir herunter. An dem Nuttenkleid und den Nuttenstrumpfhosen. Fahre mir mit der Hand durchs Nuttenhaar. Dann stehe ich auf. Mein Körper ist so leicht wie Backpulver. Ich lege mir eine Strickjacke um die Schultern, öffne die Terrassentür und gehe hinaus. Im Flur brüllen sie sich an, Papa brüllt, Mattis hocke in seinem Zimmer und spiele den ganzen Tag Computerspiele »wie ein beschissener Amokschütze«. Was sie sonst noch sagen, höre ich nicht mehr. Ich flüchte über die Terrasse und durch den Garten auf die Straße. Das Feuerwerk am Himmel bringt die Haut auf meinen Händen zum Leuchten. Ich bin eine, die das Licht reflektiert. Die Welt soll an mir abprallen und meine Kanten spüren. Die Welt muss sich um mich herumquetschen, sich nach meinen Konturen formen. Als Leuchtstreifen ziehe ich durch die Wohnsiedlung, bis zum Kiosk, an den dunkelgelben Häusern vorbei, dann an den weißen. Mir ist nicht kalt. Mir ist leicht.

Ich gehe, bis ich schnelle Schritte hinter mir höre. Es ist Mattis.

»Wohin gehst du?«, fragt er.

»Nirgendwohin«, antworte ich.

Mattis trägt eine uralte schwarze Daunenjacke. In der einen Hand hält er einen glatten Stein, den er reibt. Der Stein schimmert im Laternenlicht.

»Da drin ist die Hölle los«, sagt er.

»Deine Mutter ist eine Fotze«, sage ich.

Wir gehen nebeneinander die Straße entlang. Mattis holt Luft, um etwas zu sagen, aber es kommt nichts. Er holt noch einmal Luft. Jetzt spüre ich die Kälte. Im Nacken, an den Handgelenken. Ich ziehe die Strickjacke fester um mich.

»Hast du an die beiden geglaubt?«, fragt er.

»Nein«, sage ich.

»Ich auch nicht.«

Wir gehen zur Eisbahn. Eine Nutte und ein Amokschütze.

Mattis zieht eine Schachtel Zigaretten aus der Tasche und hält sie mir hin.

»Rauchst du etwa?«, frage ich.

»Ja.«

»Ich hab gedacht, du hockst nur drinnen und spielst Computer.«

Wir zünden uns jeder eine Zigarette an und schlittern über die Eisbahn. Von Zeit zu Zeit glüht der Himmel vom Feuerwerk auf.

»Versteh nicht, dass die Leute einfach nicht bis Mitternacht warten können«, sagt Mattis.

Ich zucke mit den Schultern.

»Warum bist du eigentlich so durchgeknallt?«, will Mattis wissen.

»Wer sagt, dass ich das bin?«

»Ich weiß doch, dass du mit diesen Bekloppten da oben unterm Dach rumhängst.«

»Das sind keine Bekloppten.«

»Du weißt genau, was ich meine.«

»Ich habe ein kleines Mädchen getötet«, gebe ich zurück.

Mattis hält inne und starrt mich an.

»Herrgott noch mal, was denkst du eigentlich von mir?«, sage ich.

Wir gehen weiter. Warmes Licht scheint aus den Fenstern der Häuser an der Schlittschuhbahn. Mattis hält mir die Zigaretten hin, wir zünden uns jeder noch eine an.

»Aber jetzt mal im Ernst, warum bist du da oben im Dachgeschoss?«, fragt Mattis.

»Ich hab angefangen, die Schule zu schwänzen. Ich hab nichts Besonderes gemacht, nur ein bisschen rumgehangen. Außerdem war ich frech zu unserem Lehrer. Und plötzlich hat man mich da raufgeschickt. Aber es ist gemütlich dort. Freitags kriegen wir Brötchen. Aber das darfst du niemandem erzählen.«

»Was macht ihr denn da oben? Außer Brötchen essen?«

»Wir nehmen uns gegenseitig in den Würgegriff. Simon kann das scheißegut.«

»Tut das weh?«

»Nein, es ist eher ziemlich geil. Du siehst Sternchen, und dir wird ganz komisch im Kopf.«

Wir haben eine Runde um die Schlittschuhbahn gedreht und sind jetzt fast am Kiosk angekommen.

»Willst du irgendwas?«, fragt Mattis.

Er zieht ein Portemonnaie aus seiner Jackentasche.

»Vielleicht eine Packung salzige Heringe«, erwidere ich.

Wir betreten den Kiosk. Ich schaue die Filme durch, während Mattis für mich salzige Heringe und für sich eine Sprite kauft. Dann gehen wir wieder ins Freie, und jetzt merke ich, wie kalt es ist. Ich frage Mattis, ob er schon mal in der Kleinen Hölle war. Er hat von der Kleinen Hölle noch nie etwas gehört, obwohl er schon sein ganzes Leben hier in dieser Siedlung wohnt.

»Hast du dich nie gefragt, was in dem Haus da drüben ist?«, frage ich und zeige auf das rote Häuschen hinter dem Kiosk.

Mattis zuckt mit den Schultern.

»Komm«, sage ich.

Die Kleine Hölle ist leer. Aber es muss jemand nach Malin und mir dort gewesen sein, weil auf einer Fensterbank eine Kerze steht, die ich nie zuvor gesehen habe. Und daneben liegt eine Schachtel Streichhölzer. Ich zünde die Kerze an und setze mich neben Mattis auf das Sofa. Ich strecke ihm die Packung Salzheringe hin, aber er will nichts. Er nimmt seine Mütze ab. Im Schein der Kerze kann ich sein Gesicht und das feine helle Haar genau betrachten. Babyhaar und eine Männerstimme, die fragt:

»Wem gehört das Haus?«

»Weiß nicht. Malin hat's mir gezeigt. Wir treffen uns immer hier.«

»Was stimmt eigentlich nicht mit dieser Malin?«

»Sie ist einfach nur schüchtern. Schafft's nicht, mit Leuten zu reden, und so.«

»Und was stimmt nicht mit dir?«

Unmöglich, das mit den Tschernobyltieren irgendjemandem zu erklären. Bei der Schulsozialarbeiterin habe ich es versucht, woraufhin sie fragte: »Gibt es diese Tiere in Wirklichkeit?« Und das ist ja genau der springende Punkt, dass ich das nicht weiß. Dann sagte sie: »Zwangsvorstellungen entstehen häufig, wenn das Leben ein bisschen chaotisch ist und man sich bemüht, es wieder unter Kontrolle zu bekommen. Ist dein Leben ein bisschen chaotisch?« Aber wie soll ich das mit den Zimmern und dem Dach und den Rasenflächen erklären, dass es *das* ist, was mich verrückt macht. Nicht verrückt. Ich bin nicht verrückt.

»Mit mir stimmt alles. Aber was stimmt eigentlich nicht mit dir? Hast du keine Freunde? Ich hab dich noch nie mit irgendjemandem zusammen gesehen.«

Mattis runzelt die Stirn.

»Klar hab ich Freunde.«

Er zieht eine schwarze Socke zwischen den Sofakissen hervor.

»Was für eine Bude ist das hier eigentlich?«, fragt er.

»Einfach nur ein Haus. Das einfach hier steht.«

»Irre, dass wir Geschwister sind, eigentlich«, sagt Mattis und legt die Socke auf den Fußboden.

»Die sind doch gar nicht verheiratet.«

»Nein, aber du verstehst schon, was ich meine. Wenn ich sehen würde, dass irgendein Drecskerl versucht, dich anzumachen, würde ich ihn verprügeln. Lass die Finger von meiner Schwester, so in der Art.«

Ich fange an zu lachen, lache, bis mir der Bauch wehtut, und Mattis lacht auch. Sein ganzes Gesicht löst sich auf, gerade weiße Zähne, genau wie Klaras.

»Ehrlich gesagt dachte ich, du wüsstest nicht mal, wie ich heiße«, sage ich.

»Jetzt mach aber mal halblang«, sagt Mattis und knufft mich gegen die Schulter.

»Wenn du den Drecskerl verprügeln würdest, würde ich *dich* verprügeln«, sage ich.

»Du kannst mich ja einfach in den Würgegriff nehmen.«

»Soll ich dir den mal zeigen? Ich lasse auch los, bevor du ohnmächtig wirst.«

Ich bitte Mattis, sich mit dem Rücken zu mir vor das Sofa zu knien, so wie Simon es sonst immer bei mir tut.

»Und wenn es zu doll wird, musst du mich ins Bein kneifen.«

Mattis nickt. Ich lege meine Hände um seinen Hals. Zum ersten Mal spüre ich seine Haut. Sie fühlt sich warm und trocken an. Er ist mein Bruder.

»Deine Hände sind eiskalt«, sagt er.

»Wichtig ist, dass man die Zeigefinger genau hier an diese Stelle legt, wo ich meine jetzt habe. Spürst du das?«

Mattis nickt.

»Und dann drückst du mit aller Kraft zu. Spürst du das?«

Mattis nickt.

»Man braucht gar nicht lange zu halten. Es geht ganz leicht.«

»Mhm«, sagt Mattis.

Seine Stimmbänder vibrieren unter meinem Griff.

»Und jetzt musst du tief einatmen und die Luft anhalten.«

Mattis holt Luft. Ich fange an zu drücken. Ich spüre seinen Puls an meinen Fingern. Und drücke. Ich weiß ganz genau, wie es ihm jetzt geht, diese leichte Panik, der Druck im Kopf, das Hämmern in den Schläfen. Er breitet die Arme aus und wedelt mit den Händen. Ich drücke. Als Simon das zum ersten Mal bei mir gemacht hat, glaubte ich, ich würde sterben. Nur für einen Sekundenbruchteil, aber lange genug, um zu denken: Wie blöd von dir, Agnes, ihm zu vertrauen. Dann lockerte sich sein Griff, und mich überkam ein Gefühl von Benommenheit und Glück, wie ich es noch nie zuvor erlebt hatte.

Ich weiß nicht, ob Mattis dasselbe empfindet. Man kann nie wissen, was andere Menschen denken. Das hat die Schulsozialarbeiterin damals gesagt. Ich hatte ihr erzählt, dass ich mal eine Stiefmutter hatte, die meine Gedanken lesen konnte, vor ihrem Blick war ich praktisch durchsichtig. Und obwohl ich es im Grunde selbst wusste, tat es doch gut, zu hören: Niemand kann wissen, was andere Menschen denken. Da öffnete sich ein Raum in mir, ein Raum, der nur mir gehörte. »Gibt es noch etwas, worüber du gern reden möchtest?«, fragte die Sozialarbeiterin. »Nein«, antwortete ich. Sie drückte mir noch eine Broschüre über Empfängnisverhütung in die Hand und verabschiedete sich.

Ich lasse los, und Mattis schnappt nach Luft. Er schüttelt den Kopf und die Schultern, als wolle er meine Hände abschütteln. Er streicht sich über den Hals und dreht sich zu mir um.

»Echt eklig«, flüstert er.

»Ich weiß«, sage ich.

Langsam steht Mattis auf, er hält sich dabei mit einer Hand an der Armlehne fest. Dann setzt er sich neben mich auf das Sofa.

»Ich dachte, ich falle in Ohnmacht«, sagt er lachend.

Wir lachen beide.

»Echt doof, es ist Silvester, und wir sitzen hier in diesem Loch«, sagt Mattis.

»Wir könnten ja zurückgehen«, sage ich.

Er nickt. Also pusten wir die Kerze aus, verlassen die Kleine Hölle und gehen durch die stillen Straßen der Siedlung.

Papa sitzt im Auto in der Einfahrt. Er kurbelt das Fenster runter und fragt mich, wo ich gewesen sei. Seine Stimme klingt müde und monoton. Mattis geht ins Haus. Im Schein der Außenleuchte kann ich die roten Male an seinem Hals erkennen.

»Wir haben einen Spaziergang gemacht«, erkläre ich.

»Steig ein«, fordert Papa mich auf.

Ich gehorche. Abby liegt auf dem Rücksitz und schläft. Neben ihr stehen Plastiktüten mit Kleidern und Büchern.

»Du, jetzt fahren wir einfach los, was? *Back to Oslo*?«, sagt Papa.

»Es ist Silvester«, antworte ich.

»Wir können zuerst mal im Hotel essen gehen. Das machen wir«, sagt Papa und lässt den Motor an.

»Können wir uns nicht wenigstens verabschieden?«

»Du kannst ja irgendwann mal zu Besuch herkommen.«

Langsam fahren wir die Auffahrt hinunter.

»Hast du meine Waschsachen mit?«

»Liegt alles im Kofferraum.«

Wir fahren durch die stillen, dunklen Straßen. Die ganze Siedlung muss ausgeflogen sein, um irgendwo anders Silvester zu feiern. Papa ist schon weit weg, auf der Straße und in seinem Kopf. Wir fahren an der Kleinen Hölle vorüber, mir ist, als würde sich dort drin etwas bewegen. Dann erhellt grünes Feuerwerk den ganzen Himmel vor uns.

»Das wird nicht leicht«, sagt Papa.

»Nein«, sage ich.

»Findest du das seltsam?«, fragt er.

»Ist schon in Ordnung«, sage ich.

Wir fahren schnell, die Straße ist leer.

»Erst mal essen wir im Hotel anständig zu Abend.«

»Gute Idee.«

»Ich kann verstehen, wenn du das seltsam findest.«

»Alles gut.«

Papa und ich gehen im Hotel essen, obwohl ich weiß, dass er sich das nicht leisten kann.

»Hat ja nicht viel zu bieten, die Stadt hier. Wenigstens ein Kino hätten sie sich gönnen können«, sagt Papa.

Er hat schmale Augen und Lachsmousse im Mundwinkel.

»Es gibt doch ein Kino. Drüben im Zentrum.«

»Nicht gerade das *Colosseum*.«

»Nein.«

»Man kann unmöglich für immer an einem solchen Ort leben. Ich würde durchdrehen. Die haben hier nicht mal einen vernünftigen Gemüseladen. Man stelle sich vor, für den Rest seines Lebens solche in Plastik abgepackten Paprika zu kaufen.«

Kurz vor Mitternacht fahren wir auf die Dachterrasse des Hotels hinauf und sehen uns zusammen mit ein paar niederländischen Touristen das Feuerwerk an. Sie stecken sich Zigarren an und schenken Papa ein Glas Sekt ein. Gemeinsam zählen wir den Countdown bis zum neuen Jahr. Die Niederländer umarmen uns, es riecht nach Schwarzpulver und Daunenjacken. Dann stehen wir dort oben auf dem Dach und leuchten.

Papa und ich fahren durch Buskerud. Es ist Nacht. Die Straße ist leer, und die Straßenlaternen sind Glühwürmchen, die am Seitenfenster vorbeifliegen. Im Auto können mich die Tschernobyltiere nicht erreichen, keine Zellteilungen, keine radioaktiven Pilze. Nur leise Radiostimmen und das Schnarchen von Abby, Papa, der mit den Fingern aufs Lenkrad trommelt und den Spiegel einstellt. Ich zähle die Laternenpfähle zwischen zwei Tankstellen, ich halte eine Hand hoch, wenn Papa zu plaudern anfängt, und er versteht. »Sind jetzt die Laternenpfähle dran?«, fragt er, und ich hebe wieder die Hand. 146, 147, 148. Und da ist Statoil. Wir kaufen Mineralwasser und Chips und fahren weiter.

MEIN BEILEID

W as, wenn Oslo der Meeresboden ist und der Schnee Überreste toter Fische, die von der Oberfläche herabsinken? Der Meeresboden ist voller rätselhafter Muster und Farbenspiele, die jene der Wolken noch übertreffen. Dort unten ist luftleere Finsternis, aber auch Leben, Lebensformen, die es nirgendwo sonst gibt, kleine leuchtende, wirbellose Tiere, die kein Sonnenlicht brauchen und sich von toten Fischen ernähren, die sachte sinken, Kilometer um Kilometer. Und dann plötzlich ein Wal, der riesige Körper windet sich langsam im Fallen. Wenn Vera den Kopf in den Nacken legt, kann sie dort oben diese Oberfläche erahnen. Es wird dunkel. Sie hört das Taxi, bevor sie es sieht. In diesem Winter hat die Stadt einen eigenartigen Klang, wattig und hohl, eine dünne Folie trennt Vera von den Straßen, Häusern und Menschen. Johan hat das Taxi bestellt, bevor sie sich erhob, um zu gehen. Er nahm das Telefon von dem kleinen Glastisch zwischen ihnen und rief an. »Taxi ist unterwegs«, sagte er. »Okay«, erwiderte Vera und strich ihm über die Schulter, ungeschickt.

Das Taxi hält, und sie setzt sich auf den Rücksitz.

»Odins gate 25«, sagt sie.

»Odins gate, wird gemacht«, antwortet der Fahrer.

Sie schließt die Augen und spürt die Wärme des Autos als Prickeln auf ihrer Haut. Bei Aufenthalten im Freien sind Erfrierungen möglich, melden die Nachrichten.

»Könnten Sie vielleicht einen Umweg fahren?«

»Was?«

»Vielleicht können Sie bis zur Odins gate einfach ein bisschen durch die Gegend fahren.«

»Auf welchem Weg denn?«

»Spielt keine Rolle.«

Sie hatte es an Johans Stimme gehört, als er anrief, wie sein Entschluss hinter jedes Wort einen kleinen Punkt setzte. Er bat sie, zu ihm zu kommen. Im Flur umarmte sie ihn und sagte: »Ich würde gern eine Angehörige sein«, aber es kam ganz falsch heraus, es war nicht das, was sie eigentlich sagen wollte. Dann folgte sie ihm in die Wohnung. Drinnen war es warm, und es roch süßlich nach vergorenen Essensresten. Johan hockte sich vor den Kamin und legte ein Holzscheit nach. Er blies in die Glut und fächelte den Rauch weg. Dann setzte er sich aufs Sofa und fuhr sich immer wieder mit seinen großen, rußigen Händen durchs Gesicht. Sie hätte Rentier-Burger machen sollen, sie hätten Wein trinken und sich *Dinner for One* im Fernsehen anschauen sollen. Stattdessen roch die Wohnung nach Müll, und Johans Haut war schmutzig und glänzte. Vera setzte sich aufs Sofa und legte ihm eine Hand auf den Oberschenkel; er fuhr fort, sich das Gesicht zu reiben. »Ich glaube, du machst einen Fehler«, sagte sie. Er schüttelte den Kopf. Er war sich sicher, dass er keinen Fehler machte, dass es einfach so kam, wie es kommen musste, dass sie nicht länger zusammen sein konnten. Dann bestellte er das Taxi und begleitete sie zur Tür, wie man es mit Gästen macht. Im Flur war der Abfallgeruch noch stärker. Langsam schlüpfte sie in ihre Stiefel, wickelte sich den Schal um den Hals, zog Jacke, Mütze und Handschuhe an. Sie versuchte, ihn am Oberarm zu nehmen, aber ihre Finger griffen fester zu, als sie vorgehabt hatte, sie spürte das, und er rückte ein wenig von ihr ab. Sie zog ihre Hand zurück und steckte sie in die Jackentasche.

»Du hast Ruß im Gesicht«, sagte sie.

Er zuckte mit den Achseln.

»Tschüs«, sagte er.

»Tschüs«, sagte Vera und öffnete die Tür.

Sie fahren am Bislett-Stadion vorbei. Die Straßen sind ausgestorben, die Cafés am Kreisverkehr leer, kein Mensch an der Straßenbahnhaltestelle. Der Taxifahrer mustert sie im Spiegel.

»Wo soll ich jetzt hinfahren?«

»Fahren Sie einfach ein bisschen herum.«

»Wird aber teuer«, sagt er.

Das Taxi biegt in die Thereses gate ein, schwaches Laternenlicht erhellt den Straßenrand. Hinter ihnen liegt das Meer. Je tiefer man kommt, desto kälter wird es. Die Kälte kommt aus Russland, heißt es in den Nachrichten, und sie stellt sich einen dünnen Nebel vor, der langsam über dem Kontinent niedergeht. Die Kälte fordert Todesopfer, wird gemeldet, bis jetzt allein vier in Oslo.

Vera greift zu ihrem Handy und ruft Johan an. Er meldet sich nicht. Sie schreibt ihm eine Nachricht: *Ich will jetzt für dich da sein.* Löscht sie wieder.

»Sie werden jetzt aussteigen müssen«, sagt der Taxifahrer.

»Warum denn? Ich bezahle doch.«

»Ich muss zum Flughafen. Da sind keine Taxis.«

»Kann ich mitkommen?«

Sie fahren auf den Ring 3. Im Rückspiegel wirft der Taxifahrer einen kurzen Blick auf Vera. Sie ruft Johan noch einmal an. Sofort springt seine Mailbox an. Er hat eine neue Ansage aufgesprochen: Hi, dies ist die Mailbox von Johan. *You know what to do.* Vera zuckt zusammen. Sie ist nahe daran, eine Nachricht zu hinterlassen, legt aber nach dem Piepton wieder auf. Wann hat er diese Ansage aufgenommen? Und warum klingt sie so leicht, wo er doch so schwermütig ist?

Vera spürt, wie sich die Wärme in ihrem Körper ausbreitet, und muss die Jacke aufknöpfen. Im Radio berichten sie über das Eislabyrinth im Botanischen Garten. Eine Männerstimme sagt: Wir haben Grund zu hoffen, dass es bis März stehen bleibt. Auf der E6 sind fast keine Autos zu sehen. *You know what to do.* Genau da liegt das Problem. Vera weiß nicht, was man tun soll, was sie tun soll. Der Fahrer hat das Taxameter ausgeschaltet.

Das Taxi hält vor der Ankunftshalle des Flughafens Gardermoen, und ein Mann kommt auf sie zu. Er öffnet die hintere Tür des Wagens, stutzt aber, als er Vera erblickt.

»Sind Sie frei?«, fragt er.

»Ja, sie fährt einfach so mit«, sagt der Taxifahrer und weist mit dem Daumen auf Vera.

Der Mann nickt kurz und steigt ein, platziert einen kleinen Aktenkoffer auf dem Sitz zwischen sich und Vera und legt den Kopf zurück. Um seine Schuhe bilden sich kleine

Pfützen. Als sie auf der Autobahn sind, dreht er sich zu Vera um.

»Sind Sie die Ehefrau?«, fragt er.

»Die Ehefrau?«

»Seine Frau«, sagt er und zeigt auf den Taxifahrer.

Da fängt dieser an zu lachen.

»Nein, nein, nein, sie ist nur ein Fahrgast. Ich weiß auch nicht, warum sie bis Gardermoen mitfahren wollte. Sie können sie ja selbst fragen.«

»Es ist angenehm, in einem Auto zu sitzen. Warm. Wo sind Sie gewesen?«, fragt Vera.

»Brüssel. Bei einem Meeting.«

»Schöne Stadt.«

»Ja, sehr.«

Das Schneetreiben um den Wagen wird immer dichter. Große Flocken vereinen sich zu Teppichen, die die Fensterscheiben zudecken, abrutschen und durch neue ersetzt werden. Die Scheibenwischer schaffen es kaum, sie von der Windschutzscheibe zu schieben. In dem dichten Dunkel vor ihnen zeichnen sich die Lichtkegel der Scheinwerfer ab. Auf der Straße keine Autos. Bei Kløfta wendet sich der Mann Vera zu.

»Ove«, stellt er sich vor und schüttelt ihr leicht die Hand.

»Vera«, erwidert sie.

»Was tun Sie am Tag vor Heiligabend alleine in einem Taxi?«

»Der beste Freund meines Lebensgefährten ist gestorben, und jetzt hat er Schluss gemacht.«

Es fällt einfach aus ihr heraus, plötzlich liegt es da, zwischen ihnen im Auto.

»Das tut mir wahnsinnig leid«, sagt er.

So einfach lässt sich das also sagen, denkt sie. Mein Beileid. Das war das Erste, was sie zu Johan gesagt hat. Mein Beileid, Johan. Sie muss sich einen Fingernagel ins Bein drücken, wenn sie daran denkt. Sein bester Freund ist ins Meer gestürzt, und seitdem hat er nicht mehr mit ihr gesprochen, jedenfalls nicht richtig. Und sie redet und redet, aber das sind bloß Phrasen, Sätze von gedruckten Trauerkarten, die an Johan einfach abprallen. Er auf dem Sofa und sie im Sessel, im selben Zimmer und doch nicht zusammen.

»Er ist jetzt bestimmt sehr verstört«, meint Ove.

Vera nickt.

»Ja, sehr.«

»Wissen Sie, es ist ganz normal, dass Leute radikale und falsche Entscheidungen treffen, wenn sie verzweifelt sind.«

Vera nickt.

»Standen die beiden sich sehr nahe?«

»Ja. Sie waren wie Brüder.«

Vera war bei ihm, als der Anruf kam. Sie waren gerade dabei, das Abendessen zuzubereiten. Vera putzte grüne Bohnen, das weiß sie noch genau, als das Telefon klingelte. Sie saß am Küchentisch, schnitt die Stiele von den Bohnen ab und legte die fertig geputzten in eine Schüssel. Johan war der Regisseur, er sagte ihr, sie solle dieses schneiden und jenes anbraten, und Vera befolgte seine Anweisungen. Als das Telefon klingelte, hielt Johan seine Hände hoch, sie waren voller Hackfleisch, und Vera rieb sie mit Küchenpapier ab. Dann nahm er sein Handy aus der Tasche. Sie sah, wie sich sein Gesicht veränderte, während die Stimme am anderen Ende der Leitung ununterbrochen redete, seine Augen verengten sich, und er presste die Lippen aufeinander, sie sah, dass etwas passiert war, und ergriff seine Hand, aber er schüttelte sie mit einer leichten Bewegung ab, wie etwas vollkommen Überflüssiges. Und als er auflegte, war alles, was ihr einfiel: »Mein Beileid, Johan.«

Johan meinte, dass sie zur Beerdigung nicht mitkommen brauche, *du musst dir ja dann Urlaub nehmen und alles Mögliche*. Aber sie kam doch mit, selbstverständlich kam sie mit. Sie saß neben ihm in der U-Bahn, sie saß neben ihm in der Kirche, und sie legte ihm eine Hand aufs Bein, als sie bemerkte, wie seine Schultern bebten. Sie hätte ein Taschentuch in der Handtasche haben sollen, das sie ihm hätte geben können. Sie hätte weinen sollen. Anschließend traf man sich zur Trauerfeier bei der Familie, aber Johan sagte, sie solle ruhig zurück zur Arbeit gehen, und sie ging, aber sie hätte bleiben sollen.

Johan konnte nicht mehr schlafen. Obwohl Vera schlief, merkte sie, dass Johan neben ihr im Bett saß und in die Dunkelheit starrte. Sie hörte ihn im Wohnzimmer rumoren, und wenn sie aufstand, war immer noch Glut im Ofen. Eines Morgens streichelte sie ihm über den Rücken und fragte, warum er nicht schlafen könne.

»Ich schlafe ganz gut«, sagte er.

»Aber das stimmt doch gar nicht. Ich höre dich jede Nacht, Johan.«

Ab da schliefen sie nicht mehr zusammen. Und wenn sie zu ihm kam, nahm er ihr den Mantel ab und hängte ihn an den Garderobenständer, er konnte auf das Sofa zeigen und Dinge sagen wie *Bitte, setz dich doch*, und wenn sie wegging, brachte er sie zur Tür und lächelte sie an, wie man seine Cousine anlächelt, gläsern. Wenn sie die Treppen hinunterging und auf die Straße trat, dachte sie immer, dass sie irgendetwas Bestimmtes hätte tun sollen, etwas anderes, was ein anderer an ihrer Stelle getan hätte. Immer: Morgen werde ich besser sein, morgen werde ich mehr geben.

Sie halten an einer Tankstelle, und Vera lehnt ihr Gesicht gegen die Scheibe, die sich kalt anfühlt an ihrer Wange. Im Auto ist es still. Schnee fällt aufs Fenster, ein Mann im Anzug betankt ein graues Fahrzeug.

»Möchten Sie etwas?«

Ove hat die Tür geöffnet. Vera schüttelt den Kopf.

»Nein, vielen Dank.«

Sie muss geschlafen haben. Sie sind fast in der Stadt. Ove reicht ihr eine Tüte Nonstop-Schokolinsen.

»Die habe ich für Sie gekauft.«

Vera muss lachen, sie weiß nicht, warum, aber auf einmal ist alles komisch. Die Nonstop, das Taxi, Ove, Johan, sein Freund, der einfach ins Wasser fiel und versank wie Walfleisch.

»Danke«, sagt sie, nach Luft schnappend.

»Ist das lustig?«, fragt Ove.

Auch er lacht.

Vera öffnet die Tüte und reicht sie dem Taxifahrer und Ove.

»Wo werden Sie Weihnachten feiern?«, fragt sie.

Der Taxifahrer dreht sich um und lächelt nachsichtig.

»Seh ich etwa aus, als ob ich Weihnachten feiere?«

Ove sagt, er möge Weihnachten nicht, habe es nie gemocht, habe aber eine Schwester, die er besuchen müsse. Er fragt Vera, wo sie feiern werde, und da fängt sie von Neuem an zu lachen.

»Mit *ihm* wollte ich feiern«, sagt sie.

Sie hatte es für das Richtige gehalten, an Heiligabend zu Johans Familie mitzugehen.

»Das war aber mies«, sagt Ove.

»Was denn?«

»Schluss zu machen am Tag vor Heiligabend.«

Daran hatte sie noch gar nicht gedacht. Aber es war tatsächlich mies.

Sie kommen in die Innenstadt. Die roten Neonanzeigen an der Spitze des Uhrenturms am Bahnhof zeigen, dass es Viertel nach fünf und minus neunzehn Grad kalt ist. Der kälteste Winter seit vielen Jahrzehnten. Er muss sofort tot gewesen sein, Johans Freund. Mein Beileid.

Vera geht mit Ove nach Hause, weil er fragt, ob sie das möchte. In einem geräumigen Flur legt sie ihren Mantel ab. Die Wohnung besteht aus drei Zimmern und riecht nach Waschpulver. Die Möbel sehen neu und teuer aus, und auf dem Fußboden stehen eingerahmte Schwarz-Weiß-Fotografien, die darauf warten, an die Wand gehängt zu werden. Sie fühlt sich schwer im Körper und leer im Kopf und lässt sich in ein beigefarbenes Sofa sinken. Ove kommt herein und reicht ihr ein Bier.

»Frohe Weihnachten«, sagt er und prostet ihr mit der Flasche zu.

»Frohe Weihnachten«, erwidert Vera.

Ove hängt sein Jackett über eine Stuhllehne und setzt sich zu ihr aufs Sofa. Er ist wirklich nicht ihr Typ. Blitzblanke Schuhe und gewelltes Haar und dann diese Wohnung voller

Designermöbel. Aber sie lässt es geschehen, weil es in gewisser Weise geschehen muss. Ihre Körper kommen einander immer näher, die Flaschen werden auf den Tisch gestellt, und schließlich ist er über ihr, sein Atem an ihrer Wange. Er riecht salzig und scharf, ganz fremd, und seine Haut ist weicher als die von Johan. Während sie beieinanderliegen, denkt sie an Johan, sie waren erst so kurz zusammen, acht Monate, sie wussten nicht, wohin mit all dem Ernsten, und darum blieb es einfach zwischen ihnen liegen und wurde immer mächtiger, bis sie ihn mit ihrer ausgestreckten Hand nicht mehr erreichen konnte.

Danach geht Ove duschen. Vera schaltet den Fernseher ein und verfolgt die letzten Minuten von *Dinner for One*, während sie ihr Bier austrinkt. Dann geht sie. Die Treppe hinunter und hinaus auf die Straße, und sie ist leicht im Körper, leicht im Kopf, genau wie die Ansage auf Johans Mailbox. Oves Sätze waren so einfach: *Das tut mir wahnsinnig leid. Die Leute treffen falsche Entscheidungen, wenn sie verzweifelt sind. Das war mies.*

Vera zieht sich den Schal vors Gesicht, dann geht sie los, die Oscars gate entlang, über Bislett und St. Hanshaugen, bis sie an das dunkelgrün getünchte Mietshaus kommt, in dem Johan wohnt. Die Fenster sind erleuchtet. Blaues Fernsehlicht flackert durchs Wohnzimmer. Sie klingelt, aber nichts rührt sich. Und das Telefon ist immer noch ausgeschaltet. *You know what to do.* Da tut Vera etwas, was sie schon seit Jahren nicht mehr getan hat, sie gräbt unter dem Schnee ein paar Steinchen aus und wirft sie gegen Johans Wohnzimmerfenster. Drei Mal muss sie werfen, bevor das Fenster aufgeht und Johan den Kopf herausstreckt. Er blickt sie an wie eine Fremde, eine Hausiererin, die unten auf der Straße steht. Und ihr fällt ein, dass sie nicht weiß, was sie sagen soll. Noch immer weiß sie nicht, was sie sagen soll.

»Kannst du mich reinlassen?«, ruft sie ihm zu.

Johan geht vom Fenster weg. Vera hüpft auf der Stelle, um sich warm zu halten. Dann hört sie das Summen des Türöffners. Während sie die Treppe hinaufgeht, macht sie eine Liste der Dinge, die man sagen kann: Das tut mir wahnsinnig leid. Das war mies. Dann streicht sie alles von der Liste, und als Johan schließlich vor ihr in der Tür steht, kann sie nur wiederholen:

»Kannst du mich nicht reinlassen?«

Ein
anständiger
Mensch

Roman

Jan Christophersen

mare

Was bedeutet Anstand, wenn es um die Liebe geht?

Als Autor mehrerer Bestseller zu Anstandsfragen
und langjährig verheirateter Mann wähnt sich
Steen Friis in einer Welt der eindeutigen Antworten. Bis seine Frau ihn bei einem gemeinsamen
Insel-Wochenende mit einem befreundeten Paar
an ein altes Versprechen erinnert: sich gegenseitig
jede Freiheit zu lassen – selbst in der Liebe.

Jan Christophersen
Ein anständiger Mensch
Roman
352 Seiten, gebunden
mit Schutzumschlag und Lesebändchen
€ 24,– [D]
ISBN 978-3-86648-607-2

Ulrike
Draesner

KANALSCHWIMMER

Roman

mare

Ein Tag und eine Nacht im eiskalten Meer: einem alten Traum zuliebe – und weil die Liebe eine unerhörte Entscheidung verlangt

Kurz vor dem Ruhestand wird Charles von seiner Frau vor eine Wahl gestellt, die sämtliche Annahmen über sein befriedet scheinendes Leben in Frage stellt. Charles vertagt die Entscheidung – und verfolgt einen lang gehegten Traum: einmal im Leben durch den Ärmelkanal zu schwimmen.

Ulrike Draesner
Kanalschwimmer
Roman
176 Seiten, in Leinen gebunden
mit Schutzumschlag und Lesebändchen
€ 20,– [D]
ISBN 978-3-86648-288-3